父親の資格

極道保育❷

佐野 晶

角川春樹事務所

目次

夕立

急に陽差(ひざ)しがなくなって、黒い雲が空を覆っていた。

夕立が来そうだ。

七月の頭から、とびきりの酷暑が続いていたから、少しは涼しくなるか、と思いながらも小柳徹(こやなぎとおる)は腰に下げていた手拭(てぬぐ)いを取って、顔の汗を拭(ぬぐ)った。

三分刈りの坊主頭まで手拭いで拭うと、作業着のズボンの腰に手拭いを戻した。

小柳は傘を忘れたことに思い至って、また黒い雲を見上げた。

どう見ても降ってくる空模様だ。

小柳は足を早めた。

小柳は元ヤクザだ。四年の刑期を勤めた刑務所で、小柳はヤクザから足を洗った。

早足で歩くと〝地〟が出る。普段は意識して〝普通〟に歩こうとしているのだが、早足の小柳はがに股(また)になり、肩を揺らしている。さらにその歩き方に連動しているかのように、目つきが鋭くなる。鼻筋を斜めに横切っている大きな傷痕(きずあと)も相まって、その姿は無頼の徒以外の何者でもない。

とはいえ小柳の服装は〝普通〟だ。ベージュの作業ズボンの上は、白いポロシャツで、胸にはかわいらしい犬のワッペンがついている。

小柳は保育園で用務員をしている。平塚(ひらつか)のわんわん保育園とゆめゆめ保育園、そして横浜(よこはま)のユメコーン保育園の三つを、二日ずつ掛け持ちしていた。

わんわん保育園だけを担当していた昨年度は、土曜、日曜は休日だったが、土曜日も出勤するようになった。わずかだがそれによって給料が上がった。手取りが一五万円から一六万円になったのだ。四四歳にしては薄給だが、文句は言えない。元ヤクザが正業に就くこと自体がとても難しい。足を洗ったヤクザが、まともに就職できた割合は約二％というデータもある。

恒例になっているお昼休みの園児との〝オニゴ〟こと、鬼ごっこを終えると、わんわん保育園の園長の竹内佳子(たけうちよしこ)に命じられたのだ。

「夢々苑(ゆめゆめえん)で、中庭の鉢載せの棚が壊れちゃって、鉢がいくつか壊れちゃってるらしいの。ちょっと見てきてくれない？」

夢々苑は、保育園を運営している社会福祉法人わんわん会の特別養護老人ホームだ。命じられれば、掃除、修繕、洗濯、調理補助などなど、なんでもこなす小柳だが、この日は、明日に予定された園児による〝お花畑づくり〟のために準備があった。

棚の破損具合を見て、修繕可能ならば、すぐに対応するが、難しいようなら業者に依頼する、という判断をしなければならない。だが法人は決して資金が潤沢ではない。業者に依頼せずに済ませるために、福祉法人の理事長でもある佳子は小柳を派遣したのだ。

四時までには、園に戻って、五時までに〝お花畑づくり〟の準備を終えたい……。

考えながら、小柳が歩いていると、いつのまにか、前に男の背中があった。

距離は小柳から五〇メートルほどか、派手なかっこうをしている。

淡い色合いだが、虹のように七色に染め分けられたハーフパンツに、鮮やかな水色のTシャツ。足下はサンダル、肩まである茶髪のロン毛で、一見するとサーファーのようだ。

東海道線の線路脇の道路で、車のすれ違いも可能なそれなりに幅のある道路だ。

だが前を歩く男は、道の左側を選んで歩いている。まるで電柱で身を隠しながら歩いているように見えた。

小柳は男の前方に目を向けた。男の前、三〇メートルほどに小学生のグループがいた。五人。全員女子だ。小学二、三年生ぐらいか。カラフルなランドセルをそれぞれ背負っている。時間は午後三時。学校帰りだろう。

夕立を恐れてか、他に通行人の姿は見えない。

小柳は歩く速度を落とした。

男は小学生のグループと距離を保っている。後をつけているように見えた。

男が肩から下げている大きなバッグが気になった。これまた派手なブルーで、横に細長い丈夫そうなバッグだった。だが中身がほとんど入っていないようでくったりと垂れ下がり、地面にこすりそうだ。小柳にはその用途がわからなかったが、広げれば横幅は一六〇センチ、縦幅は六〇センチほどもある。

小学生の女の子一人ぐらいなら、身体を折らずとも押し込めてしまうことができそうだった。

バッグを仔細に見たところ、円筒形の物が浮き上がって見える。ずしりと重そうで、それは短く切った鉛管か、なにかのように思えた。

小柳の脳裏にありありと、その光景が浮かんだ。男が女の子を鉛管で殴りつけて気絶させ、バッグに押し込んで、夕立に紛れて連れ去る。

小柳が現役時代に敵対組織のターゲットを拉致する時に使った手口だった。さすがにバッグには入れずに、殴りつけてから、車に押し込んだものだが。

いつのまにか街路灯に明かりが灯っている。タイマーではなく照度を計っているのだろう。

真っ黒な雲は空を覆って、周囲はますます暗くなっている。夜のようだ。

「じゃあねぇ」

小学生の集団が二つにわかれた……。いや、一人の女の子が集団から離れたのだ。左手には線路をまたぐ跨線橋（こせんきょう）がある。

地下道が新設されてからは、跨線橋には、ほとんど人通りがなくなった。電車への投石などを防ぐために、手すりに高い覆いをつけたことで、人の視線が遮られ、犯罪の温床になっていた。

一部の子供たちの小学校の通学路になっていることもあり、子供がらみの事件が多かった。下半身を露出した男に追いかけられたり、声をかけられたり……。

小柳も二度ほど、跨線橋での子供への声かけ事案を耳にしていた。

問題視された跨線橋は、来年度には撤去されることが決まっている。

ポツリと大粒の雨が落ちはじめた。

女の子は一人で跨線橋の自転車用のスロープを上がっていく。

すると、前を歩く男が足音を忍ばせて、跨線橋に小走りになって向かう。

小柳も忍び足ながらも足を早めて、跨線橋に向かった。

一気に夕立が本降りになった。

激しい雨で、目を開けていられないほどだ。小柳は手で庇（ひさし）を作って前の男を注視しながら、その後を追った。

小柳が跨線橋を一気に駆け上がると、少女のすぐ後ろに男は迫っていた。

激しい雨降りのせいもあって少女は、うつむいていて、後ろに迫りつつある男に気づいていない。やはり雨のせいか歩む速度も鈍っている。

雨のしぶきの向こうにぼんやりと、男の後ろ姿が見える。跨線橋上には防犯灯もなく暗い。

男がバッグの中に手を入れている。

黒い筒状のものを取り出した。

その筒を、男は頭の上に振りかぶって、少女に迫っていく。

男の目の前には、淡い紫色のランドセルの少女の姿がある。

雨をよけるために少女はうつむいている。無防備だ。急所の後頭部をさらけ出している。

「オ……」

足早に追いかけながら、声で男を牽制（けんせい）しようとした小柳は、その声を飲み込んだ。

男が持っていた黒い筒状のものが、勢い良く大きく開いた。

バネで開閉する黒の折り畳み傘だったのだ。

傘を差しかけられた少女が、不思議そうな顔をしていた。

そして「パパ？」と驚いている。

「夕立があるって言ってたから……、でも由美（ゆみ）ちゃんたちと一緒だったからさ。傘、二本しかないし」

「……なんで、ボードバッグ？」

少女は、男が肩から下げているバッグを指さした。

「防水の、これしかないんだもん。いつものバッグが見つからなくて……」

「ママが……勝手に使ってる」

雨音でとぎれとぎれになる親子の会話に耳を傾けながら、小柳は通行人を装って親子の脇を通り抜けようとした。

「ママかあ、ひでぇな……あ、すみません……」

男は小柳に呼びかけていた。小柳は足を止めた。

普段はサーフボードを入れて海まで運ぶのであろうバッグから、男は水色の小さな折り畳み傘を取り出して、小柳に差し出している。

「これ、良かったら使ってください」

小柳の良心がうずいた。こんな人をあやうく怒鳴りつけてしまうところだった。

「いや、すぐ、そこなんで……」

「でも、ひどい雨です。こっちは一本あれば大丈夫です。ホントにボロの安物なんで。返す必要ないですし」

「お気持ち、ありがとうございます。しかし、本当にすぐなんで」

小柳は腰を深く折って頭を下げると、駆けだした。

恥ずかしかった。しかし、嬉（うれ）しかった。土砂降りの夕立の中を走る小柳の顔には、笑みがあった。

小柳が夢々苑に到着すると、施設長の青木（あおき）という女性が待ち構えていた。

「小柳さん、ずぶ濡（ぬ）れじゃない。シャワー浴びて。作業着、用意しとくから」

「ありがとうございます」

下着までグッショリ濡れてしまっていたが、小柳は気分がよかった。シャワーを浴びながら、サーファーの父親の暮らしぶりを思い描いていた。

平日の昼間に娘を迎えに来られるサーファー……。自営業なのか、平日が休みの仕事か、それとも主夫なのか。年齢は三〇代後半から四〇代前半。小柳とほぼ同年齢だろう。心優しき父親で夫。妻と娘もサーファーだったりするのだろうか……。

シャワーを出ると脱衣所に、作業着と新品のシャツに下着、靴下までもが用意されていた。青木に感謝を告げて、中庭に目を向けた。

夕立が上がって日が照っている。

これまで中庭の棚を見た覚えがなかったが、木製の棚で、角々を木ねじで止めただけの素人の仕事だ、と小柳は判断した。

小柳は元々、大工仕事が好きだった。知り合いの大工に弟子入りしようか、と思っていたぐらいだ。だが一五歳で少年院を出てから、頼れる人もなく、すぐに自活しなければならなかった。大工の見習いをしようと思ったが、給金があまりに安かった。かつての仲間に教えられて、手っとり早く稼げて住み込みができるトビ職人になったのだ。

中庭に出ると、日が照っているが、夕立のおかげで気温がかなり下がっている。鉢を載せていた棚を揺すってみた。建て付けが甘くてグラグラしている。棚が落ちたのは支柱の一本のネジが外れていたからだった。

小柳は新しいネジを締めこんで、棚に〝すじかい〟を入れて補強した。

時計を見ると四時を回っていた。

わんわん保育園に戻って、明日の支度をしなければならない。挨拶（あいさつ）もそこそこに、小柳は特養を後にした。

雪駄

四月から用意していた花々の苗を入れたポットを、保育園の庭の隅にある花壇に小柳が運んだ。

花壇とはいえ、そこに草花はなかった。何度か保育士たちが、花を植えたりしたのだが、すぐに子供たちに踏み荒らされてしまう。

いくら園児たちに言っても、鬼ごっこなどで、追いかけられてパニックになると、そこが花壇であることなど忘れて花を踏み荒らしてしまう。

園児たちに植えつけを手伝ってもらったら、花を大切にするのではないか、と若い保育士が提案して、植える花を小柳が用意していたのだ。

硬く踏みしめられていた花壇の土を耕して、腐葉土を入れた。厳重に立て札を立てて立入禁止を園児たちに知らせた上で、恒例の小柳と園児たちの昼休みの鬼ごっこの時には「花壇に入った子がいたら、オニゴ終了」と小柳は園児たちに宣言していた。

子供たちは小柳が（主に）オニになる鬼ごっこが大好きだった。若くて身の軽い男性保育士たちよりも、中年で体力が続かない上に、大まじめで必死にオニをする小柳とのオニゴがスリリングで、子供たちは気に入っていたのだ。さらに小柳は夢中になるあまりに、時折派手に転倒したりした。その派手さも子供たちのお気に入りの理由だ。

だから子供たちは、花壇を踏み荒らさなくなった。

小柳は、花壇の前にしゃがんで、ポットに入った花々の苗と花壇に空けた穴の位置を確認していく。

マリーゴールド、ペチュニア、千日紅……。

明日は子供たちと保育士が共同作業で、ポットから苗を取り出して地植えする予定だった。だが小柳は手伝えない。やはり平塚にあるゆめゆめ保育園での勤務なのだった。

マリーゴールドが均等に配置されるように按配（あんばい）する。害虫がつきにくくなるのだ、とガーデニング好きの保護者から教えられていた。

すると目の前の道路を、一台の黒塗りのベンツが通過した。

小柳は嫌な予感がして立ち上がった。ベンツに見覚えがあったのだ。スモークガラスに金のモール。ナンバープレートは〝・893〟のはずだ。駄洒落（だじゃれ）でしかないが、それがヤツの自慢だった。

ベンツは保育園の駐車場に駐車して、そこから四人の男が降り立った。

久住（くずみ）……。

小柳はマリーゴールドのポットを手にしたまま、呆然と立ち尽くした。

男たちの先頭に立っているのは久住晴也だ。年齢は小柳とおなじ四四歳だったはずだ。

久住は小柳の姿を見て、ニヤニヤと笑いながら近づいてくる。

黒い開襟シャツに、黒のスラックス、そして夏でも真冬でも、素足に雪駄履き。久住の姿は、相変わらずヤクザ丸出しだった。

「小柳ぃ〜、お花が似合うとるのぉ〜」

少し太ったように見えたが、久住は変わらず細身だった。語尾がねっとりとした余韻を残すのも変わらない。耳に障る。

小柳は、マリーゴールドを地面にそっと置くと、保育園の低いフェンスに手をかけて一気に飛び越える。小柳は久住に目を向けることもせずに、一目散に逃げ出した。

「オラァ！」

久住が怒鳴ると、その若衆と思われる男たちが、小柳を追った。

＊

小柳と久住は、ほぼ同じ一七歳の頃に、部屋住として関東最大級の組織の二次団体の組に入っていた。組は違えども、組長同士が兄弟分であった。

縄張りが隣接していたために、顔を合わせる機会も多かった。お互いに意識はしていた。だが小柳の方が派手な逸話を誇っており〝名が売れていた〟。実際に出世も小柳の方が格段に早かった。

小柳と久住は親しくなるようなこともなかったし、争うこともなかった……というより、同じ団体の下部組織なので、争うことは許されなかった。

しかし、久住はなにかと小柳に対抗していた。例えば車だ。小柳がクラウンを買ったと聞いたらしく、すぐにセンチュリーを購入していた。駅前のマンションに小柳が部屋を借りた時にも、その上階の部屋を借りた。

暴力団排除条例が施行される前の〝良い時代〟だった。小柳たちは、ヤクザが代紋を背負うことで荒稼ぎができた最後の世代と言えるだろう。

年齢が進むほどに、小柳は久住を気にかけなくなった。それほどに忙しかったし、見栄(みえ)っ張りなのに稼ぐ能力のない組長に代わって、組を実質的に仕切り、シノギの差配をして組員に稼がせ、上納金を収めていたのは小柳だったのだ。

揉(も)めても一円にもならない久住の相手をしている暇がなかった。

それでも久住はたびたび、小柳がやらせていたクラブを客として訪れた。そして時折ボーイやホステスに嫌がらせをしたり、酔っぱらって暴れたりした。とはいえ、それは小柳が出て行かなくてはならないほどの損害ではなかった。そこは久住も考えているようだったが、どうにも久住は小柳が気に食わなかったのだろう。

　それは小柳が投獄される二年前のことだった。

　その日は、小柳が裏で仕切っている産業廃棄物の会社が、大きな仕事を終えたばかりで、小柳の懐は温かかった。

　作業員たちと組の若い衆を連れて、小柳のクラブで酒食を振る舞っていた。他に客の姿はなく貸し切り状態だ。

　そこに久住がやってきた。舎弟を一人だけ連れている。

　店で小柳と久住が顔を合わせるのは、はじめてではなかった。いつも店の片隅から暗い目で小柳にチラリと視線を送ってくる。

　一度ならず、小柳はウィスキーを久住の席に届けてやったりしたが、決して久住は口をつけなかった。もちろん小柳に礼など伝えることもない。

　だが、その日は久住の様子がいつもと違っていた。

　店に入ってくるなり、小柳にまっすぐに目を向けて立ち尽くしている。

　外はかなり冷え込んでいるのに、上着も着ずに黒い開襟シャツにスラックス、そして足下は定番の雪駄だ。

　小柳は舎弟の高遠義竜と馬鹿話の真っ最中で、しばらく久住の異常な姿に気づかなかった。

やがて高遠が小柳に目配せをした。

視線を向けると、久住が仁王立ちで小柳に鋭い目を向けてくる。

久住の背後に怨嗟の炎が見えるようだった。

小柳は我が身を振り返ってみた。なにか久住の顔を潰すようなことでもしたか……。

だが思い当たる節はない。

小柳は無視することに決めて、高遠と、先日袋叩きにしたDVホストの話に戻った。

だが高遠は、チラチラと久住のいる方に視線を向けている。

「な、なんだ、タツ、ビビってんのか？　ほっとけよ、馬鹿なんだから」

「尋常じゃねぇっすよ、兄貴。久住、まだ突っ立って、こっち見てますから」

「し、シャブでも食ってんじゃねぇか？」

小柳が再び久住に目をやった。

同じ姿で久住は憤怒の表情を浮かべて小柳を見つめていた。その隣で若い舎弟が脅えたような顔で立っている。

「しゃあねぇな」と小柳は立ち上がった。

すると高遠が素早く立ち上がって耳打ちした。

「久住、高校ん時、ボクシング……」

「知ってるよ」

小柳は高遠を押し退けて、久住に向かった。顔には笑みを浮かべているが、その目には刃のような鋭い光が宿っていた。

「く、久住、呑みにきてくれたんじゃねぇのか？　そ、そんなところに突っ立ってんなよ。す、座って呑め……」

小柳には吃音があった。

顔を歪めて久住が床に盛大にツバを吐いた。

小柳の顔から笑みが消えた。

「収まらねぇようだな」

小柳の吃音も消えた。

「ワレぇ、昨日ぉ～、マリぃ、コマしたやろがあ～」

「マリ？　知らねぇな」

「北口の居酒屋で、呑んでたやろぉ～」

久住が巻き舌になる。

「お？　なんで知ってんだ？　ストーカーでもはじめたか？」

「女を持って帰ったんちゃうんかい、ワレぇ～」

「お？　マリ？　美咲って女だったぞ」

「その美咲が、マリじゃあ～」

「なんだ、そりゃ？　だからどうした？」

「マリはワシのイロじゃい」

小柳が薄く笑った。

「女のほっぺにおめえの名前でも彫り込んでおけ。じゃねぇと、誰んだか、わからねぇや」

久住の頬の筋肉がピクリと動いた。

「おんどれ！　なめとんか！」

激昂してわめいた久住の声は高音だった。

「粉ぁかけてきたのは、女の方だぜ。家にゃ女がいるって言ってんのに、ついてきちまったんだ。仕方ねぇから居間のソファでおっぱじめたら、あの女が大騒ぎしやがるからよ。寝てた女が起きてきてな。朝っぱらから修羅場だ」

久住の顔から血の気が退いている。

「嘘つくな！　マリは、そこら中、アザと傷だらけだったぞ。爪は割れてるし……。お前に家に連れ込まれて、殴られて、そんで無理矢理３Ｐ……」

小柳が小さく首を振ってニヤついた。

「そうだよな。それがおめぇの地だろ？　おめぇ、たしか新潟出身だったよな」

睨むばかりで、久住は返事をしない。

「変な関西弁やめろ。そういうトコだぞ、おめぇがダセぇのは」

「やかましい！」

「女に聞いてみろよ。俺（おれ）の家にいた女と、そのマリだかミサだか知らねぇが、お前の女は顔見知りだったみてぇだ。お互いに顔を見た途端に、つかみあいの大喧嘩（おおげんか）になった。面倒くせぇから、俺は逃げ出した。おめぇの女は素っ裸だったから、そりゃ傷だらけにもなるだろうな。３Ｐどころじゃねぇよ」

久住は青ざめた顔のままだったが、小柳につかみかからんばかりにしている。

「お前の今のイロは、ワシの前のイロじゃ」

その言葉に、小柳は楽しげに笑った。

「そりゃいい。趣味が合うじゃねぇか、兄弟」

久住が唸（うな）りながら、小柳のジャージの胸ぐらをつかんだ。

小柳は顔色一つ変えずに告げた。

「いいか、兄弟？　俺とおめぇが揉めると、どうなるかわかってんのか？　後先考えてから怒れよ」

「上等じゃ、いてこましたる！」

小柳は大きくうなずくと、久住の腕を払った。

「ここで見たことは全員、綺麗（きれい）に忘れんだぞ！　チクリやがったら地の果てまで追いかけて、後悔させてやるからな。タッ！　テーブル片づけろ！」

タッと呼ばれた高遠と若い衆は「オイ！」と一斉に立ち上がると、小柳たちを中心に店のテーブルを壁際に押しやって、一〇畳ほどのスペースを店の真ん中に作り、ズラリと並んで小柳たちを囲い込んだ。

久住が連れてきた舎弟は、円の外でおろおろとしているばかりだ。

久住は雪駄を脱ぎ捨てて、素足になるとウォーミングアップなのか、その場でジャンプしながら小柳に目を据えた。

「ステゴロやぞ」

「ヤッパぁ、持ってるように見えるか？」

「じゃかあしい。汚い手ぇ使うたら、いてまうど」

「おめぇも負けてブ～タレんなよ。一回こっきりのゴロだかんな」

「誰が負けるんじゃ？」

久住はサウスポースタイルに構えて、その場でステップを踏み始めた。

小柳はニヤリと笑った。

「おうおう、ぴょんぴょん跳ねやがって。体操のお兄さんか……」

小柳に皆まで言わせず、久住が鋭くステップインして、ジャブを小柳の顔面にピシリと打ち込んだ。

小柳の鼻から一筋の血が流れ落ちる。だがまだ笑っている。

小柳も左手でボディをカバーして、右手を上げて顔をガードする。

すぐに久住が左右にフェイントをかけながら、ジャブ、ストレート、フックを鮮やかに連打した。

小柳はすべてのパンチを食らっているように見えたが、上体をのけぞらせたり、かがみ込んだりして、パンチを芯で食わないように、かわしていた。しかも決して下がらないし、久住の鋭い動きから目を離さない。

「スウェイ、ダッキング、ウィービング。ワレ、かじっとんのぉ〜。オ?」

小柳はニヤニヤと笑いながら、久住にじりじりと近づいていく。

「かじってなんかねぇよ。けど、おめぇが〝習い事〟してんのは、よ〜くわかった。でも、高校で習い事してたんだろ?　中退じゃなかったか、おめぇ」

それには答えず、久住はバックステップするとサイドステップで小柳の周りを横に移動していく。移動しながら、ジャブを浴びせる。

これも小柳は腕でガードした。

鋭く久住が踏みこんでくる。

同時に小柳は、頭を突き出した。

久住のストレートが小柳の顔面にクリーンヒットしたかに見えたが、久住が拳を押さえてうめいている。

ストレートがヒットしたのは、小柳が突き出した額だったのだ。

「ボクシングってのは、実戦に向かねぇんじゃねぇか？」

「じゃかぁしい！」

怒鳴ると、痛めた左手をブンと一振りして、久住は構える。

小柳も身構えて、前に踏み出した。

とたんに久住はステップしてジャブを放ってきた。どうにかジャブの直撃は免れた。だが小柳のボディのガードがわずかに上がったのを、久住は見逃さなかったようだ。

ボディブローをたたき込まれて、小柳は腹を押さえて後退した。

久住が襲いかかってくる。

顔面にジャブ、次いでフック。小柳はかろうじて芯は食わずに済ませた。だがかなりの衝撃で、小柳の顔が歪む。

次の一打は予想できなかった。久住の左手が動いた。その動きから小柳は、もう一発、フックが来ると思った。だが、違った。

アッパーが、小柳のアゴを襲った。

「あ」と見ていた高遠も思わず声をあげた。

小柳の身体が沈んでいく。まるで糸の切れた操り人形のように、その場にしゃがみこんでしまった。

久住が小柳を見下ろす。勝利の快感で久住の顔には笑みがあった。

だが次の瞬間、久住は痛烈な一撃を食らった。

しゃがんでいた小柳が鋭く飛び上がったのだ。小柳の角刈りの頭が久住の顔面にめり込んでいる。

久住は仰向けになって派手に倒れた。両方の鼻の穴から激しく出血している。意識がない。

小柳は痛むようで、アッパーを打ち込まれたアゴをさする。フックを予期して、アゴを引いて固めたのが奏功していた。久住の鋭い拳がアゴに入ったが、ダメージを最小で食い止めることができたのだ。そのチャンスを最大限に活かした。

アゴをさすりながら、小柳は久住の様子を見た。

「こりゃあ、ひでぇな」

小柳は仰向けで昏倒している久住の身体を横向きにしてやった。血が喉に流れ込むと窒息することがあるのだ。

すると久住の鼻から、さらに激しく出血しだした。

「おい、手当てしてやれ」と小柳は、円の外で突っ立っているばかりの久住の舎弟に命じた。

「は、はい！」

久住の舎弟は大柄な男だった。「サーセン」と高遠たちをかき分けて、久住の脇にしゃがんだものの、どうすることもできずにおろおろするばかりだ。

「ど、どけ」と小柳が久住の舎弟を押し退けて、ポケットからハンカチを取り出すと、久住の鼻をぎゅっとつまんだ。

久住は痛むのか「ううん」と唸ったが、意識は失ったままだ。

「こ、氷をもってこい」

小柳が久住の舎弟に命じた。

慌てて舎弟はバーカウンターでバーテンダーに大きな氷をもらってきた。

「お、おしぼりでいいから持ってこい」

再び命じられて舎弟はおしぼりと氷を持ってきたが、突っ立って小柳に差し出している。

「そ、それで氷を包んで、眉間(みけん)を冷やせ」

舎弟がおしぼりで包んだ氷を眉間に当ててると、久住が気を取り戻した。

小柳の顔を見て、慌てて起き上がろうとしたが、つままれている鼻の痛みで動けないようだった。

「折れちゃってっからよ。このまんま一〇分ぐらい圧迫して止血しとけ。病院に行きゃあ元通りにしてくれる。でもよ、そのまんまにしとくと、鼻がひん曲がったりして箔(はく)がつくぜ」

小柳がニヤリと笑うと、久住は気まずそうに視線をそらした。

「おら！　おめぇが、鼻ぁ押さえてろ。このうすら馬鹿」と小柳が久住の舎弟を叱りつけた。

慌てて舎弟が眉間を冷やしながら右手で久住の鼻をつまむ。

「うう」と痛みで久住が呻いて、舎弟の腿にパンチを入れた。

だが、それで舎弟はバランスを崩して、つまんだ鼻をひねってしまったようだ。

「ウオ！」と久住が悲鳴をあげる。

「チッ！　このバカ……」

舎弟の手を払いのけると、久住は自分で鼻をつまんだ。

小柳は「行くぞ」と高遠たちに告げて、店を後にした。

久住はその後ろ姿を黙って見送っている。

＊

以来、久住が小柳の店を訪れることはなくなった。

保育園での鬼ごっこのおかげで、小柳はしっかりと走れるようになっていた。

久住の若い衆に追いつかれる前に、どうにか目的の場所に駆け込むことができた。

保育園のすぐそばにある病院の駐車場だ。外来診療は終わっている時間で、駐車場は空いている。

保育園のお迎えまでに、まだ少し時間があった。長引いたとしても、駐車場の奥は建物が邪魔になって保育園からの視線を免れる。

小柳は足を止めて振り返った。

久住の若い衆が三人で小柳を取り囲む。

その後ろから久住がニヤニヤと笑いながら、歩いてきた。

「ほんまに、用務員、しとるとはのぉ～」

久住がゆっくりと前に進み出て、小柳を上から下まで見ている。

「月になんぼ、もらっとんじゃあ？」

小柳は返事をしなかった。硬い表情のまま、久住の出方をうかがう。

「小柳ぃ～、カタギんなったたっちゅうて、ワシらとは口もきけんのんか？」

小柳はやはり口をつぐんだままだ。

「ワレには貸しがあるんじゃ」

久住の鼻に小柳は目をやった。鼻は以前と形が変わったようには見えなかった。

「二回も手術したんでのぉ～。鼻がすっきりして、スケにモテ過ぎて難儀したわ」

久住は笑っているが、その目が鋭くなっていた。

「ワレの貸しは、そんなもんちゃうで」

小柳は身じろぎもしなかった。

「ワレのオヤジの借金じゃ～」

小柳はゴクリと生唾(なまつば)を飲み込んだ。出所後に高遠に聞かされた話だ。

稼ぎ頭の小柳が逮捕されて、投獄されるとすぐに組は困窮した。

小柳が戻ってくるまでの辛抱、と組長は兄弟分に限らず友好的な組織から手当たり次第に借金をしていたのだ。だが小柳が刑務所の中でヤクザの廃業届けを出したという噂(うわさ)が流れてからは、組長は借金ができなくなった。さらに兄弟分たちからの取り立てが厳しくなった。

オヤジは〝飛んだ〟。今も行方(ゆくえ)はわからない。内縁の妻とまだ幼い娘がいたはずだが、もろとも消えてしまったのだ。

高遠が若頭を務める組はいくらか回収できたものの、一千万ほど〝泣いた〟と聞かされていた。

「三千万。踏み倒しおった。どないすんじゃ？」

小柳の顔から血の気が退いた。

〝オヤジ〟の作った借金は〝子〟である小柳が負うのが、ヤクザの世界では当たり前だ。たとえ〝元ヤクザ〟だとしても。

小柳はあまり考えないようにしていたが、心のどこかでいつか〝取り立て〟されるのではないか、と恐れていた。それが現実になった。しかも最悪の因縁のある相手だ。

「ワレも、あのオヤジの下で若頭までやった人間や。それなりに貯めこんでるやろ？」

小柳は現役時代にかなりの金品を隠し持っていた。オヤジにも女にも、舎弟や若い衆にも内緒の金だ。

だが出所してすべての隠し場所を当たってみたが、ことごとく暴かれて奪われていた。若い衆の仕業だろう、と小柳は思っていたが、オヤジが若い衆に命じて探らせていたのかもしれない、と思いなおした。

組を抜けるために、指を詰める時代ではなくなっていた。〝違約金〟を払って抜けさせてもらうのだ。それを組長は〝徴収〟したつもりなのだろう。

「ないんかい？」

久住が一歩近づく。

小柳は黙ったままうなずいた。

「二千万」

小柳は力なく首を振る。

もう一歩進んできた。久住の口から酒臭い息が臭(にお)った。

「五百万」

小柳は首を振るばかりだ。小柳はほぼ一文なしだった。少ない給料の中から少しずつタンス預金をしているが、人には言えないような金額だ。

「もう一度聞くで。なんぼもらっとるんじゃ?」

小柳は久住の顔を見つめながら答えた。

「一六万」

久住は真顔のままでさらに問いかける。

「保育園の保育士と一緒に暮らしてるそうじゃのぉ」

「ああ」

「どこでじゃ?」

「妻の実家だ」

「平塚か?」

「ああ」

「一軒家か?」

「ああ……」

「イロとは籍を入れとんのか?」

小柳は返事をせずに久住の顔を見つめた。資産を調べようとでも言うのか……。

するとと久住は視線をそらしながら、質問を繰り返した。

「籍は、どないしたんじゃ？」

「入れてる」

「子供は？」

「妊娠中だ」

「何カ月？」

小柳は首をひねった。

「なんだ、一体……」

久住は視線をそらしたままだ。いらついた声で再度尋ねる。

「何カ月じゃ、きいとんねん」

「八カ月」

「男か？」

「女だ」

久住はスラックスのポケットに両手を突っ込んで、天を見上げると「あ～」とため息まじりの声をあげた。

「普通じゃの～」

久住は、ニッと小柳に笑いかけた。

「見事にダッサいのぉ〜」

小柳は黙って久住を見つめている。

「こいつら、月になんぼ稼いどると思う？」

久住は若い衆を見回した。若い衆は気まずげに視線をそらしている。

「そっちがノミで四万、こっちが野球で五万、これがおしぼりと、ヤミ漁師で一五万。これなんか、所帯持ちやぞ。ガキもいてる」

ヤクザは上納金システムだ。組織ではあるが、個人事業主のようなもので、それぞれがシノギを持っている。そこで稼いだ中から上に上納金を収めるのだ。

だが久住の言う通りなら、とてもではないが彼らは上納金を収められない。それどころか生きていけない収入だ。

ヤクザは食えない職業になっている。

「ワシが小遣い渡さなんだら、とっくにこいつら干上がっとる」

若い衆は一斉に頭を下げた。稼ぐ能力はないが、行儀はいいようだ。

「組ぃ抜けて、食いつぶしてヒ〜コラゆうとるロートルが、ぎょ〜さんおる。そいつら、使(つこ)うて、夜中にフラフラしとるガキにクスリ覚えさせて、シノギにしとる。細いやろ？　小柳よぉ」

小柳は返事ができなかった。久住の意図が見えない。

すると久住の目がすがめられた。

「たま〜に、亀井んトコから、借金取りのシノギが回ってくる。ウチに回ってくるようナンはド貧乏ばっかりじゃ。絞っても一滴も出ん。そういうのは、殺しても沈めても、銭にならん。あの若造、知ってて回してくんのや。嫌がらせじゃ」

「亀井？」

「そや。ワレをハメたんは、ヤツじゃったのぉ」

小柳が顔をしかめる。

「ヤツ、闇金だけやのうて、株にビットコイン取引やらマネーロンダリングやら、けったいなシノギでウハウハや。横浜のオッサレ〜なオフィスでふんぞりかえっとんで」

久住はギロリと小柳の顔を睨めつけた。

「小柳ぃ、あの小僧にお礼まいりせんのんかあ？」

小柳は黙って首を振った。六年前に儲け話を小柳に持ちかけてきたのが亀井だ。その結果、小柳は逮捕された。亀井が警察とグルになって〝絵を描いて〟いたのは明白だった。だが亀井は同じ系列の一次団体のフロント企業の社長だ。すでに足を洗っているとはいえ、小柳が仕返しをすれば、上の組が動く。ただでは済まない。

そもそも亀井を半殺しの目にあわせたところで、小柳の溜飲が下がるわけではない。自分の間抜けさを再確認するだけのことだ。

「上から急に〝水買え〟言われてな。ペットボトル、五〇ケースで二百万や。上納金とは別やぞ。断れる話やないが、銭がない。亀井んトコに貸してんか、と頼んだら、あの野郎、散々嫌味ぬかしやがって……たっぷり利子までとりくさって」

久住はギロリと目を光らせた。

「ほんまにお礼まいりせんのか？　男が立たんやろがあ」

「しない」

「ワシがケツもったる、言うてもか？」

小柳は首を振った。同系列の組織間での揉め事は厳しく罰せられる。それが元ヤクザだとしても、ヤクザの掟が適用される。まして稼ぎ頭の亀井だ。組のナンバー2である若頭とはいえ、落ち目の久住が指を詰めた程度では収まらない。どう考えても無理筋な話だ。

「鬼の小柳が、女房子供に義理立てかいな？　義理ぃ立てる場所が、ちごうてまへんか、っちゅうねん」

煽る久住を見ながら、小柳は久住の訪問の意図がわかったような気がした。

恐らく、久住は行き詰まっている。あのベンツも一〇年以上も買いかえていない。若くして成功している生意気な亀井を、組のしがらみから抜けた小柳を焚きつけて痛めつけたいとでも思って、ここまでやってきたのだろう。〝ケツをもつ〟ことなど不可能なのは百も承知のはずだ。

小柳は黙って久住を見つめる。

「まさか、とは思うとったが、ほんまに骨の髄までカタギになっとんのか」

小柳はやはり黙ったままだ。

「ワレ、言葉が突っかからなくなっとるの～。なんでじゃ？」

小柳はヤクザから足を洗って以来、吃音が出なくなっていた。

妻のやすみには〝ヤクザに向いてなかったからだ。無理してたせいだ〟と告白していたが、久住には口が裂けても言えない言葉だった。

その直後に、小柳はウィンクした。鼻にある傷の影響で不随意に左目が閉じてしまうのだ。

「そっちの気色悪い癖は治っとらんのぉ～」

そう言ってから久住は大きく吐息をつくと、じろりと小柳を見やった。

「普通で、ダサくて……」

久住が小さく笑んだ。どこか寂しげな笑顔だった。

「幸せか……」

久住の笑顔に、どこかうらやむような色が浮かんだように小柳には見えた。

小柳は久住の意図をはかり違えていたことに気づいた。

借金の回収のためでも、亀井への嫌がらせのためでもない。それはただの口実だ。

小柳は久住の目を見た。久住は視線を受け止めた。

久住が小柳の顔をじっと見つめながら、一つ大きくうなずいてみせた。

小柳は揺るがないまなざしで、久住を見据えていた。

やがて久住が小さく吐息をついた。

「……ほうか……ほな、用なしやな」

ボソリとつぶやく。〝用なし〟が小柳に向けられたものなのか、それとも久住自身に向けた言葉なのか、判然としなかった。だが小柳は黙っていた。

久住は踵（きびす）を返して、歩き去って行く。

「久住、オヤジの……」

久住の背に小柳が声をかけたが、背を向けたまま、久住が腕を上げて遮った。

「祝儀やぁ。とっとけぇ～」

久住は上げた腕を振った。「さよなら」とでも言うように。

小柳は久住の背中を見送る。久住の雪駄の底がすり切れていた。

叱責

1

横浜駅の西口の地下街に、その寿司屋（すしや）はあった。回転寿司ではないのだが、安価でネタが良いと評判の店だ。

月曜日の午後六時。かなりの客でにぎわっている。

カウンター席に小柳の姿があった。チノパンに白い半袖（はんそで）シャツの姿で烏龍茶（ウーロンちゃ）を飲んでいる。

小柳の隣には小さな可愛（かわい）い女の子が座っていた。足下には真っ赤なランドセルがある。

木村茶亜美（きむらちゃあみ）だ。以前はわんわん保育園に通っていたが、母親の仕事の都合で横浜に引っ越し、わんわん保育園を運営する社会福祉法人と同系列のユメコーン保育園に移っていた。

保育園には学童保育も併設されているために、小学一年生となった茶亜美は放課後はそこに預けられている。

茶亜美の母親の留美（るみ）は横浜で風俗嬢として働いている。平塚に住んでいた頃（ころ）は昼の勤務だったが、風俗店に請われて夜の勤務にシフトしたのだ。横浜の学童保育は全国でも珍しい夜間保育があった。一〇時まではあったが、留美の収入は倍増した。

留美には副業があった。ＳＭ女王なのだ。系列組織の組長の趣味を知った小柳が留美とつないでやった。副業とはいえ、正業をはるかに超える報酬を手にしている。以来、専属としてコンスタントに依頼があるようだ。

そして時折〝超ロング〟の営業を留美は、組長に求められる。泊まりがけの仕事なのだ。その間の茶亜美の世話はシッターを頼んだことがあったが、茶亜美がひどく嫌がるという。

そこで、留美が小柳に泣きついてきた。実際に保育園時代にも小柳は茶亜美の面倒をお泊まりで見たことがあった。なにより茶亜美は小柳に懐いている。

小柳のユメコーン保育園での用務員としての勤務は月曜と火曜なのだ。

月曜日の勤務後に、茶亜美を隣にある学童保育に迎えに行き、寿司屋で夕食をとる。そして留美のマンションに泊まって、翌朝茶亜美を学校に送り出すと、保育園に出勤するのだ。

とはいえ茶亜美たちが横浜に移り住んでから、小柳が子守を頼まれたのはこれまで一度茶亜美は聞きわけの良い子で、手がかからない。そればかりかおしゃべりが達者で、小柳は声を立てて笑ってしまうことがある。

だから小柳にとって茶亜美の子守は〝楽しみ〟でもあった。

だが今日の茶亜美はいつもと違っている。どこか不機嫌なのだ。口数も少ない。大好物の鉄火巻きを醬油にたっぷりとつけて、口に運んでいるが、その顔に笑みはない。

「茶亜美、こないだ、クラスのいじめっこの話してたろ？　あれ、どうなった？」

茶亜美はまた、鉄火巻きを醬油にべちゃべちゃに浸して口に運ぶ。

「知らない」

「だって、お前凄い心配してたろ。いじめられてる男の子のこと」

「そいつ、コブンになっちゃったもん」

「子分かあ」

茶亜美は食べかけの鉄火巻きを醬油に浸した。

「醬油つけすぎじゃねぇか？　いつもママに叱られてんだろ……」

すると茶亜美がじろりと小柳に冷たい目を向けた。

「ま、小学生が高血圧になったりしねぇか。でも身体に悪い……」

また茶亜美が冷たい目を小柳に向けてくる。

「なんだよ、なに怒ってんだ？」

茶亜美は鉄火巻きをもぐもぐと不機嫌そうに咀嚼している。

小柳は答えを待った。

ごくんと飲み込むと、茶亜美が小柳の烏龍茶のグラスを見た。

「ビール、呑まない」

「ん？　ああ、今日はやめとく」

「いつも呑むよ」

茶亜美はますます不機嫌そうな顔になっていく。

「やすみ先生がさ。具合悪くなったりしたら、車、運転しなきゃならないから」

やすみは小柳の妻だ。わんわん保育園で保育士をしている。妊娠八カ月だが、少し前に不正出血があり、深夜に車で小柳が病院に運んだことがあった。事なきを得たが、以来、小柳はアルコールを口にしていない。

「やすみ先生のお腹に赤ちゃんいるんでしょ？」

「ああ、知ってたか」

「女の子なんでしょ？」

「おお」

茶亜美は手にしていた食べかけの鉄火巻きを皿に戻した。

小柳は不思議に思って茶亜美の顔をのぞき込んだ。

茶亜美の大きな目から涙がぽろぽろと、こぼれ落ちる。

「なんだ？　どうした？」

慌てて小柳は席を立って、茶亜美の肩に手をかけて顔をのぞき込んだ。

「どっか痛いのか？」

力なく茶亜美は首を振りながらも、泣き続けている。

「……赤ちゃん……」

「赤ちゃん？」

「赤ちゃん、可愛い？」

しゃくりあげながら、茶亜美が尋ねてくる。

小柳が返事をできずにいると、茶亜美がさらに問いかけてきた。

「ちゃあより可愛い？」

「あ……」と小柳は返答に詰まった。

「用務員のおじさん、とられちゃう……」

茶亜美は涙を袖で拭(ぬぐ)っている。

小柳はほっとした表情になって椅子(いす)に腰かけた。しばらく考えていたが、ようやく口を開いた。

「茶亜美、やすみ先生にも、ママにも内緒だぞ」

茶亜美が真っ赤になった目を小柳に向けた。

「おじさん、恐いんだ」

茶亜美は黙って小柳を見ている。

「全然、親になるって実感がねぇんだ。お腹の子供の写真見ても、なんとも思わねぇ。やすみ先生が〝可愛い〟なんて言ってんの見ると、不思議だ。お腹の子の写真が、妖怪かなんかにしか見えねぇ。でも、そんなこと絶対に言えねぇからな」

小柳は茶亜美に顔を向けていたが、まるで独り言のように語っていた。

「俺は普通じゃない生き方をしてきた。だから、そういう優しいような気持ちが湧かないんじゃねぇかって恐いんだ。人を大切に思うのとは、逆のことばかりしてた。チラッとそういう優しいような気持ちが湧いたりすると、それを〝ダセぇ〟って思ってた。そうやって強くなろうとしてきた。でも、それを長いことやってきたせいで、普通の人なら持ってる、当たり前の優しい心が、俺の中から消えてなくなってるんじゃねぇかって……」

茶亜美が不思議そうな顔をしていることに、小柳はようやく気づいた。半ば独り言のようにしゃべりすぎていた。だが誰にも打ち明けられない気持ちだった。

「ごめん」と謝ってから、小柳は照れ笑いを浮かべた。茶亜美の顔にも笑みがある。

「茶亜美にはじめて会ったのは、生まれたばかりの頃だ。覚えてねぇだろ？」

「うん」

「そりゃそうだよな。茶亜美のママが呼んでくれてな。パーティーしたんだ。でも、そっからおじさん、四年も遠いところに行かなきゃならなくてな。茶亜美に会えなかった。でも帰ってきたら、茶亜美のママが、何度もパーティー開いてくれたんだ。覚えてるか？」

「うん。ちゃあが〝ヤクザのおじさん〟って言うと、ママがおっきい声で笑うんだもん」

「まったく」と小柳は苦笑いを浮かべて、坊主頭を撫で回してから続けた。

「その頃、おじさん、仕事も金もなくてさ。茶亜美のママが何度も家に呼んでくれて、色々とごちそうしてくれたんだよ」

「ちよがみ、今も持ってる」

刑務所を出てから、かつて学生用だった下宿屋の一室で小柳は居候として暮らしていた。近所に傾きかけたような駄菓子屋があり、そこには何十年前のものかもわからない千代紙が置かれていた。店主の老婆に聞くと「やるよ」と言うので、百円で大量にもらってきたのだ。それを手土産として、茶亜美にたびたび持っていった。

古風な柄が逆に茶亜美には新鮮だったようで、大切にしていると母親の留美から聞いたことがあった。

「茶亜美はさ、小さい頃からお話が上手でな。面白いから、おじさんは大好きだった。部屋で一人ですることもなくてぼ～っとしてると、茶亜美のおしゃべりを思い出して笑っちやってな。茶亜美とおしゃべりしてぇな、なんて思ったりしてよ。だから、茶亜美は特別。わかる？」

茶亜美は賢い子供だった。すぐに返事はしないで何か考えている。やがてその大きな目で小柳をひたと見据えた。

「ヤクザ、辞めたよ」

「うん」

「でも優しくないの？」

「……まあ……」

「でもやすみ先生に優しい」

「……ああ」

「ちゃあに優しい」

「うん」

「だったら赤ちゃんにも優しい……」

また茶亜美の顔が悲しげになって、泣きだしてしまった。

小柳は困った顔でため息をついた。

「茶亜美ちゃん、可愛い」

やすみが洗濯物を畳みながら、笑った。

小柳の義母であり、わんわん保育園園長の佳子の所有する一軒家の二階部分が、小柳と妻やすみの居室だった。

二階には二間あり、六畳の和室が寝室兼リビングで、隣の六畳間は、やすみが子供の頃から使用している勉強部屋だ。今では、小柳が保育士の資格を取得するために、高卒認定試験合格に向けて勉強に励んでいる。

今日もノルマにしている一日一時間を一時間半ほど超過して三時間近くみっちり勉強した。少年院内での中学卒業が最終学歴の小柳は、四〇半ばにして、勉強の楽しさに目覚めていた。

勉強を終えて、居間にやってきた時には一〇時を回っていた。

お腹が大きくなっても、やすみは正座して洗濯物を畳む。その姿は端正だ。

やすみのルーツはミャンマーだ。やすみはロヒンギャといわれる少数民族で、国内での迫害を逃れて日本に難民として母親と二人でやってきたのは約三〇年前。まだ一歳に満たない乳飲み子だった。

事故で亡くなった母親に代わってやすみを養子として引き取って育てたのが、わんわん保育園で保育士をしていた佳子だった。

三二歳になったやすみは輝くばかりに美しかった。

妊娠八カ月を迎えたやすみのお腹は、大きく膨らんでいる。だがそれ以外は細身のままだ。夕食を終えた佳子が、やすみの立ち姿をしげしげと見て「大きいすいかを丸ごと飲み込んじゃったみたい」と言い出して大笑いしたばかりだ。

茶亜美の母親の留美が、お泊まりでの茶亜美の子守を小柳に頼み込んできた時、その話を聞いたやすみは「ウチで茶亜美ちゃんを預かったら」と提案した。

だが茶亜美が通う学童保育の運営をしている社会福祉法人わんわん会の理事長は佳子なのだ。その佳子の自宅で、利用者である茶亜美を預かるのは、どうか、と佳子が難色を示した。

いざ、やすみの体調に変化があったとなれば、運転免許を所有する佳子が車を出せばいいし、茶亜美もいきなりの外でのお泊まりには戸惑うかもしれない、と家で茶亜美を預かることは断念したのだ。

やすみも佳子も、留美の仕事を知っているが、まったく気にしていないように見えた。実際に保育園に預けている母親や父親の仕事は千差万別で、職業の貴賤が話題になることはない。すべてただ〝働いて子供を育てている〟ということに尽きるのだ、と二人は理解しているようだ。

小柳は茶亜美の寿司屋での様子を話したが、お腹の子に気持ちが湧かないというくだりは慎重に避けた。

「あ」とやすみが顔をしかめて腹に手を当てた。

「やっぱり張るんだ？」

「うん。ちょっとびっくりする」

だがすぐに落ち着いたようで、洗濯物を畳んでいく。

小柳は家事全般を手がけている。月曜火曜は横浜から帰宅なので、遅くなるため、佳子とやすみのどちらかが夕食を作ってくれているが、それ以外の日は午後五時半には帰宅できる小柳が支度をする。掃除も洗濯も、家事全般を手がけている。

だが洗濯に関しては、洗ったり干したり取り込んだりは小柳がしても、畳ませてくれない。やすみがすべて畳んでタンスに収める。

「なんで畳むのはダメなんだ？」

やすみは小首をかしげた。

「ダメってわけじゃないけど、好きなの」

「好きなんだ、畳むのが？」

「そうね。綺麗に畳んでると気分が良くなる」

「逆に綺麗じゃないと？」

「やり直したくなるかも」

そう言ってやすみは照れ笑いした。頰が赤く染まる。

小柳が好きなやすみの笑顔だった。

畳み終えると、タンスに収めていく。

妊娠六カ月を過ぎる頃から、立ち上がる時に「どっこいしょ」とやすみは言うようになっていた。そのエキゾチックな顔だちとのギャップに小柳は毎度噴き出してしまいそうになる。

やすみは八月の半ばまでぎりぎり働いて、産休に入る予定だった。

タンスを閉めると、やすみは壁にもたれかかって座っている小柳の隣に並んで座った。

二人とも足を前に投げ出している。

「ゆり組の、美奈(みな)ちゃん、わかる？」

「ああ、毎朝、シクシク泣いてる子だあ」

「先週の金曜日、お休みで、昨日も今日もお休みだった。腹痛を美奈ちゃんが訴えてるって理由だったけど……」

やすみの表情が曇る。

「行くの嫌がってんだろうな」

「うん」

「たしか、あの子のママ、堅い仕事だったよなあ」

「うん。県の職員。パパも県の職員」

「仕事、簡単に休めないだろう？　どうしてるんだ？」

「藤沢に、ママのご両親が健在らしいから、預けてるのかもしれない」

「そうか……」

「最近……年長さんになってから、ずっと泣いてるの」

「朝だけじゃないんだ」

「うん、一日中。担任の越野先生に、美奈ちゃんのママにも尋ねてもらったんだけど、思い当たることがないって。ママも困ってるみたい」

「でも、昼休みは楽しそうに遊んでるな。オニゴには一度も入らないけど、縄跳びグループだよなあ」

「あの時間だけ、泣いてないね。大人しい子たちのグループだから、居心地がいいみたい。でもあのグループは、美奈ちゃん以外は、みんなばら組さんだから、昼休みが終わっちゃうと、寂しくなっちゃうのかもしれない」

　年長組は、ゆりとばらの二組にわかれているのだ。

ゆり組でいじめなどがあるのだろうか。

　小柳が考えていると、やすみが「どっこいしょ」と立ち上がった。やすみは腰をトントンと叩いている。時折痛むようだ。

「注意してたけど、いじめはない感じなんだよねぇ」

「そうかあ。一人でずっと泣いてるんじゃ、いじめようもねぇな」

「うん」

小柳は首をかしげた。

「そもそも、なんでそんなに泣いてんだ？　そんなことあるかい、普通」

やすみも首をひねった。

「思い当たるのは一つだけ。五年くらい前の話だけど、ママが急病で入院しちゃった子がいて、その子もずっと泣いてた。ママは隔離が必要で、面会もできなかった。一週間だったけど、泣きっぱなしだったな。どうにか保育園には来てくれてたけど、家に帰るとパパから一瞬も離れないでくっついてるってパパが笑ってた。子供って心細いと、よりどころを強く求めるんだよね」

「ふ〜ん」と小柳は丸刈りの頭を撫でてから問いかけた。

「美奈ちゃんのパパって、どんな人だったかな？」

「送り迎えは基本ママだけど、たま〜にパパが来る。ちょっとハンサム」

小柳の嫉妬心がうずいた。

「あそこのママも美人だしな」と小柳は思わず切り返していた。

やすみが笑っている。

「やきもち、焼いたな」

小柳は頬が熱くなる。返す言葉が見つからない。

「ああ、もう。フトン敷いて、寝よう、寝よう」

自棄（やけ）のように言うと、立ち上がって押し入れからフトンを下ろした。

2

朝の登園ラッシュは八時半を過ぎると落ち着く。そのタイミングで小柳は園の前の道路の掃除に入る。

掃除だけが目的ではない。保育園の駐車場、および前の道路の車の往来を整理してくれているボランティアの田沢（たざわ）に挨拶（あいさつ）するためだ。

田沢は園の前の大きな家で独居している老人だ。元々は、保育園前の道路が混み合うことにクレームを執拗（しつよう）につけてきた男性だった。だが小柳がそんな彼を懐柔してしまった。それればかりか、田沢は交通整理のボランティアになってしまったのだ。

「おはようございます。ありがとうございます」

交通整理を終えた田沢に、小柳が掃除の手を休めて一礼する。

田沢は手を上げて応じると、キャップを脱いだ。すると見事な禿（は）げ頭が現れる。

「よお、今日は車が多かったなあ。水曜なのに」

昼寝フトンのシーツを掛けたり、週末の子供の様子を保育士に連絡したりで、月曜日の朝は親の滞在時間が長くなる。自然と駐車場が混み合うのだ。車が入りきれなくなると、田沢は自宅の庭の駐車スペースを開放してくれている。

「東海道線が遅延してるらしいです。そのせいかもしれません」

「ああ、そうかい。ニュースもろくに見ねぇから、知らなんだ」

田沢はかつて田沢解体という会社の社長だった。〝現役〟時代に、産廃処理を手がけていた小柳は何度か田沢の仕事を請け負っていた。違法な産廃処理の仕事を。

当時は顔見知りではなかったが、今では女房子供と別居していて独り暮らしの田沢が、折に触れて小柳を家での呑み会に招いてくれる。

誘導棒を手にして、反射板が大きく胸と背中に「×」の字を描いたベストを身につけている田沢の顔にある笑みは穏やかだ。

最近は夜間にも混み合う時間帯には、車の出入りを整理しているそうで、反射板付きのベストが必要になったようだ。もちろん自前だ。

「夜も交通整理していただいてるそうで」

小柳が頭を下げる。

「いやあ、週末だけだ。お母さんの一人に頼まれてな。スーパーができたろ？　あそこの駐車場が一杯だと、ここに勝手に停めちゃってるのがいるんだよ。それで停められないお母さんたちが出てきたんでね。見かけない顔が停めてたりしたら注意するようにしてる」

「そんなことまで。ありがとうございます」

するとそこに軽自動車がやってきて、駐車場に入った。

時計を見ると、もう九時を過ぎている。保育園に遅刻はないが、遅い登園だ。

車から降りてきたのは、田端幸枝（たばたゆきえ）だった。暗い表情で、車の後部のドアを開けた。そこから降りてきたのは幸枝の娘の美奈だった。泣いている。声を出したりしない。うつむき加減で涙を拭っているだけだ。

やすみが心配していたゆり組の〝美奈ちゃん〟だ。金曜日から土日をまたいで、月曜、火曜と三日続けて休んでいる、と小柳はやすみに聞かされていた。

これから出勤するのか紺のスーツ姿で幸枝が、美奈の手を引いている。

門の前に立っている小柳たちに気づかないようで、顔をしかめて幸枝は歩いてくる。美奈はうなだれてしきりに目をこすっているが、登園を嫌がる素振りは見えない。

「おはようございます」と小柳が声をかけた。

ようやく幸枝は気づいたようで、小柳と田沢の顔を交互に見ている。

「おはようございます。いつもありがとうございます」

幸枝は、小柳と田沢に笑顔を向けて、園に向かっていく。

笑みを浮かべていたが、どことなく表情は硬いままだった。

恐らく、美奈は今朝も登園を渋った。それをなだめすかして、どうにか登園にこぎ着けたのだろう。

美奈は幸枝に手を引かれて、園の中に入っていく。登園時に泣いている子は多い。下駄箱で座り込んで動かず、泣いている子供。その隣で困りきって座り込んでいる親の姿。はたまた保育士に引き渡したものの、「ママ～！」と泣き叫んでいる子供、その声を背にしながら苦しそうに顔をゆがめて、園庭を走り去る親の姿。

そんな愁嘆場ではない。しかし幸枝と美奈は、静かだが深く苦しんでいるように小柳には見えた。

美奈は幸枝に促されることもなく下駄箱で靴を脱いで、ゆり組に向かう。担任の越野が、泣いている美奈に声をかけているようだ。

幸枝はお辞儀をして、部屋を出た。

園庭をうつむき加減で幸枝が足早に歩いてくる。その表情は硬い。幸枝は振り返ってゆり組に目を向けたりはしない。恐らくは知っているのだ。ゆり組の窓から美奈が幸枝を見送っているのを。

美奈は泣いていた。声を立てたりすることなく、去っていく幸枝の背を見送りながら、拭うこともせずに涙を流している。

小柳と田沢に一礼すると、幸枝は門を出て駐車場に向かった。

軽自動車がかなりの速度で走り去っていく。

幸枝は駅前に駐車場を借りている、と小柳は聞いていた。自宅から駅までかなりの距離があるのだ。バスでも通えるはずだが、保育園と自宅、駅の距離を考えると駐車場を借りる方がリーズナブルなのだろう。

「あんたは夜はいねぇから、知らねぇだろうけどな」

田沢が車を見送りながら言った。

「ええ」

「あの人、お迎えもギリギリなことが多いんだ。なんの仕事だい？」

小柳はちょっとためらったが、告げた。田沢が他言するとは思えなかった。

「県の職員さんです」

「なるほどな。たしかに、しっかりした人だよ」

「しっかりですか？」

田沢は腕組みしてうなずいた。

「かわいらしい顔してるけど、しっかりしてる」

〝かわいらしい〟かどうかは評価がわかれるところだが、美形なのは間違いなかった。

「延長の親御さんは大体、いつもおんなじ人だろ？」

午後七時までの延長保育に申請しているのは、ほぼ同じメンバーで、東京や横浜などに通う親が多い。

「そうですね」

「帰りが一緒になると、そこの前の歩道んトコで鬼ごっこが始まっちゃうことがあんだよなあ。親も仕事を終えてほっとしてるし、遊ばせながら、のんびり立ち話なんかしてる。でも、子供は車道に飛び出したりするから、俺なんかはハラハラしてるんだけどな」

そう言って田沢は苦笑いして、禿げ頭をひと撫でした。

「こないだも、男の子も女の子も一緒になって、五人で鬼ごっこして、キャーキャーやっててな。そこにあのママが娘を連れて、園から出てきた。あの女の子、大人しいだろ。なのに珍しく、その鬼ごっこに参加しようとしたんだ」

たしかに美奈ちゃんは昼休みの鬼ごっこには一度も参加したことがない。だが延長の男の子の中には、活発で人気がある〝たかしくん〟がいた。活発だが優しくて女の子にも人気があるのだ。

「ニコニコしながら、鬼ごっこに参加しようとしたら、あのママが駐車場からあの子の名前を呼んだんだ。そしたらくるりって振り向いて、車に駆け戻った。ありゃ、びっくりしたなあ。決して恐い口調じゃないんだ。優しい声で……。なんつったたっけ？　あの子の名前」

「美奈ちゃんですね」

「そうそう。〝美奈〟って優しく声かけただけであの子、はっと夢から覚めたみたいになって、ママの待ってる車に駆け戻った」

「そうですか。そりゃ……」

うなずきながらも、小柳は違和感を覚えて、言葉を飲み込んでしまった。

「あれはちょっとびっくりしたよ。しっかりしつけしてる」

〝しつけ〟という言葉が小柳には引っかかった。同じことを言いながら子供を殴った男を知っているからだ。それは小柳の義父だった。

＊

小学校の四年生の頃だった。安アパートの二階の狭い部屋で、小柳が朝食を終えて食器を台所の流しに運ぼうとした。だが、つまずいた拍子に転びかけて、茶碗(ちゃわん)を欠いてしまったのだ。

朝から酒を呑んでいた義父は、小柳に「謝れ」と命じた。なにに謝ればいいのかわからず戸惑っていると、いきなり張り飛ばされた。手にしていた欠けた茶碗が吹き飛んで、台所で粉々に割れた。ついでにお気に入りのキャラクターが描かれたガラスのコップも砕け散った。

幼かった小柳は、それが悔しくて泣きそうになったが、決して泣かなかった。泣くと義父がからかうことを知っていたからだ。

「謝れ」となおも義父は命じた。どんな謝り方をしたとしても、難癖をつけられて殴られるのは目に見えていた。だったら謝らずに殴られた方がいい。

「この野郎!」と義父は立ち上がって拳骨(げんこつ)で小柳の顔を殴った。

何度も殴り続ける義父に、母親が「やめて」と懇願した。

「うるせぇ! こんな馬鹿、殴ってしつけしなきゃ、まともにゃ育たねぇんだ!」と殴り続けたのだ。

途中から小柳は記憶がなくなっていた。

気づいた小柳に、「気絶してたの」と、姉の理江(りえ)が教えてくれた。

気絶している小柳を殴り続けた義父に、すがって止めようとした母親を、義父は殴りつけた、と姉は悲しげな顔で告げた。

部屋を見回すと、義父も母親も姿がなかった。

「母ちゃんは?」

「お仕事行った。私が止めたから、母ちゃんはあんまり殴られてない」

なぜか義父は姉には手をあげなかった。

母親はパチンコ店でアルバイトをしていた。殴られて内出血した顔をメイクで隠してホールで立ち働いているはずだ。そして義父は駅前の立ち呑み屋で呑んだくれている。呑み代は母親のアルバイト代だ。

パチンコ店だけでは暮らしていけず、母親は早朝に新聞配達をはじめていた。時計を見ると一〇時を過ぎている。学校に行かなくては、と小柳が立ち上がった。顔に載せられていた濡れタオルが畳に落ちた。

それを拾いあげながら、姉の理江が止めた。

「徹、学校お休み。さっき学校から電話があったから、休むって言っちゃった」

理江の顔に寂しげな笑みがある。

「でも……」

「その顔で学校行くと、また児童相談所の人たちが来ちゃう。そうすると、またあの人、暴れて大変だから」

小柳はジンジンと痛む左頬に手を当てた。腫れて熱を持っていた。鏡を見ずともわかった。ひどいありさまなのだろう。

理江は電話に出る時、いつもより声のトーンを落としていた。母親の声を真似ているのだった。子供とは思えない言葉づかいをしていた。

それは〝揉め事〟を遠ざけるための理江なりの工夫だった。

「でも……」

小柳は学校が好きだった。暴力に脅えることなく生き生きとしていられる場所だ。

理江はやはり悲しげに微笑んだ。ひどく大人びた顔つきだった。

「姉ちゃんもお休みにしたから。一緒にお勉強しよう。教えてあげる」

渋々、小柳は「うん」とうなずいて、少し嬉しそうに微笑んだ。そしてランドセルから国語の教科書を取り出した。

＊

「やすみ先生は順調かい？」

田沢に声をかけられて、ようやく小柳は回想から解放された。

「ええ、ありがとうございます」

「九月だよな、予定日。楽しみだな。そんときゃ、祝杯あげようや」

「ありがとうございます」

小柳が頭を下げると「じゃ」と田沢は、すぐ斜め向かいにある大きな屋敷に戻って行った。

道路の掃除に戻ると、再び、〝あの日〟のことが脳裏に浮かんでしまった。

＊

姉の理江が学校を一緒に休んでくれたあの日。それは忘れがたい日となった。

その翌日の早朝。母親は新聞配達中に脳梗塞（のうこうそく）の発作を起こして倒れた。早朝であり、人通りが少なかった。発見が遅れたために、病院に担ぎ込まれた時には母親は心肺停止状態で回復することなく亡くなったのだ。

葬式は出されずに〝直葬〟という形で、母親はお骨になった。焼き場に立ち会ったのは小柳と姉の理江、そして児童相談所の職員の女性だった。義父は現れなかった。

その後、義父と児童相談所の間で、どんな話し合いがあったのか、小柳は知らない。だが、小柳は大きな養護施設に預けられた。

姉の理江は中学生だったが、同じ施設には引き取られなかった。養護施設の職員に尋ねても、理江の行方は誰も教えてくれなかった。

小柳は荒れた。身体が大きかったこともあったが、暴力に対する恐怖がまるでなかったことが、小柳を圧倒的な存在にしていた。もちろんそれは、家を出た実の父親と、義父に幼い頃から、たたき込まれたものだった。

小柳の暴力は外に向かった。喧嘩（けんか）に明け暮れたのだ。理由もなく喧嘩をふっかけた。年長の相手にもひけをとらなかった。場数を踏むうちに、喧嘩には決して負けないという確固たる自信が小柳の中に育っていった。力で圧倒されても、気持ちが折れさえしなければ、決して負けないのが喧嘩だった。

　養護施設のそばの小学校に転校させられたが、すぐに暴力事件を起こして補導された。中学生の不良グループに加わり、たちまちトップとなった。他のグループとの抗争を繰り返し、養護施設から、より監視が厳重な一時保護所に移された。だがそれでも収まらず、中学二年の時に復讐（ふくしゅう）にやってきた他校の中学三年生二人を返り討ちで叩きのめして、傷害で逮捕されて、鑑別所送りになった。

　鑑別所でも小柳は、反抗的な態度を崩さなかった。それどころか、似たようなタイプの悪（ワル）と仲間になって〝顔つなぎ〟をしていた。

　鑑別の結果、小柳は少年院送りになった。

　少年院を出るとすぐに、自活を始めた。だが悪い仲間とは切れなかった。それどころか、彼らとつるんで強盗をはじめた。

　当時、〝暴走族あがり〟のエリートはヤクザだった。それ以外の者は〝族の先輩〟に誘われて就職したり、建設現場などで小遣い稼ぎをする者が多かった。だが、ヤクザ組織には加わらずに、悪事をはたらく者が出てきた。

　シロアリの点検を無料で行うなどと告げて家に上がり込み、でっち上げたシロアリ被害て、手付金をその場で受け取ってトンズラする。いわゆる〝前金詐欺〟だ。大きな金額をふっかけのポラロイド写真を見せつけて、ただちに工事が必要と脅すのだ。大きな金額をふっかけ

これが神奈川の〝族あがり〟連中の間で暴力団の目を盗み、散発的に流行（はや）った。今で言う〝半グレ〟の萌芽だ。

中にはアジトを構えて、工事を手がけるふりまでして、不当な大金をせしめるグループも出てきた。

まだ一五歳の小柳とその仲間たちは、このアジトを襲撃して、金を強奪するという悪事を繰り返すようになっていた。詐欺グループは被害にあっても警察に訴えたりしないのだ。

荒れた日々を送っていた小柳は、久しぶりに地元である平塚に戻った。

中学時代の先輩に話があるから来い、と家に呼びつけられたのだ。かつて、つるんで悪さをしていたが、小柳が少年院に入って以来、関係が途絶えていた。

先輩の名は花木（はなき）といった。

「お前、連絡つかねぇんだもん。あちこち声かけて、ずいぶん捜したぞ」

「サーセン」と小柳は頭を下げた。

花木は微笑して小柳の身体を見回している。

「お前、ごつくなったな。なんかやってんのか？」

「トビ、やってるだけっす」

「あれも体力いるかんな」

小柳はもう一度、花木を見やった。昔とは明らかに雰囲気が違っている。どこか腑抜けたような顔つきで、身体も細くなっている。

以前は花木の家が仲間のたまり場だった。大きな家で、裏庭にプレハブ小屋があり、そこで好き放題にしていた。小柳も養護施設に帰らずに、何日もこのプレハブのソファに寝泊まりさせてもらったものだ。

花木の母親はなく、父親がいたが、まったくの放任で、花木たちがなにをしてもお構いなしだった。

プレハブの部屋は以前のままだったが、荒れていた。掃除をした形跡がない。

「糖尿病でな。なにをするのも億劫でよ」

そう言って花木は、穴が空いてボロボロになったソファに横になる。小柳も向かいにあったスツールに腰かけた。

「大丈夫っすか？」

「インスリンは打ってんだけど、うまくコントロールできなくてな。遺伝だそうだけど、オヤジはピンピンして毎晩、呑み歩きやがって。母親の血なんだな。早死にだったからよ」

花木はため息をついて、顔を上げた。真顔だ。

「お前、姉ちゃんのこと知ってんのか？」

小柳は胸騒ぎがした。捜してはいたが、姉の理江の行方が知れなかった。三歳上だったから、高校を卒業しているはずだ。まともな暮らしを送れているなら。

小柳は黙って首を振った。

「正太っていたろ？」

「ああ、正太くん、イッコ上の」

「おお。あれが姉ちゃん、見たんだって」

まだどこかに幼さを残した小柳の顔が鋭く尖った。

「どこっすか？」

「鴨宮」

「いつっすか？」

「三カ月くらい前だってよ」

小柳の目が大きく見開かれた。

「それ聞いたの先週だからな。正太にばったり会ってよ」

「今も鴨宮にいるんすか？」

「うん……」と花木の表情が曇る。

「どうしたんすか？」

「落ち着いて聞けよ」

花木は中学生の頃から、大人びていた。喧嘩は強くなかったが、人望があった。小柳もそんな花木を慕っていた。

「はい」

「正太は、防水屋にいてよ。団地の屋上の防水やってたんだって。そこで姉ちゃん見かけたそうだ。腹が大きかったって」

小柳の目がすがめられる。

「屋上に居たから、声かけられなかったみてぇなんだけど、大きい団地全体の防水工事だったから、一カ月ぐらい通ってたんだと。中庭で昼飯食ってたら、姉ちゃんが通りかかったんで、正太が声かけたら、顔を隠して逃げ出しちゃったって。もうお腹が膨れてなかったから、産んでんじゃねぇかって」

小柳は立ち上がった。嫌な予感がしていた。

「座れって」

花木がなだめるような声を出した。だが小柳は立ち尽くしたままだ。

「姉ちゃん、まだ一八っすよ。あのクズ野郎か」

花木は一つうなずいた。

「怒鳴り込んだりすんなよ。姉ちゃんも困るだろ」

仕事もせず、昼間から酔ってフラフラして、粗暴なふるまいをする小柳の義父は近隣の鼻ツマミ者で地元では〝有名人〟だった。

「あのクズ野郎のことも、正太くんは見たんすか?」

「そうだ。その団地で見かけたって」

小柳は唸った。獣のように喉の奥から唸り声が沸き起こる。

「徹、やめろよ。お前が押しかけたって、いいことはねぇからな。子供ができちゃってんなら、お前が騒いでも、姉ちゃんも困るだけだろ。ただ、姉ちゃんの居場所だけ知っておいた方がいい。機会を見て連絡とって……」

急に小柳が部屋を見回した。

「花木くん、金はあるんすか?」

小柳がやけに落ち着いた声で問いかけた。

「見りゃわかるだろ。この身体じゃ仕事もできねぇし。オヤジの財布から、金、抜いて生きてる」

小柳はズボンのポケットから札入れを取り出した。

そこから札を全部抜き出した。

「一〇万くらいあります。使ってください」

差し出す札を花木は見るだけで、受け取る気はないようだ。

「馬鹿言うな。お前、なにするつもりだよ？」

「いいんです。族あがりのはみだし連中を、タタいて巻き上げた金なんで、まだいっぱいあるんで。使ってください。ちゃんと病院、行ってください」

「お前、どうするつもりだ？　やめろよ」

小柳は一五歳とは思えないふてぶてしい笑みを顔に浮かべた。

「まだギリギリ一五なんで、少年刑務所にぶち込まれたりしねぇんすよ。初等ならすぐに出てこれるし。やるなら今しかねぇんです」

小柳は手にしていた札を、カップ麺の空容器が積み上げられているテーブルの上に置くと「花木くん、教えてくれて、ありがとう」と深く頭を下げてプレハブを後にした。

花木はぽかんと口を開けたままで、小柳を見送っていた。

戸塚にあったトビの会社に、小柳は電話で辞職を告げた。理由を問われたが告げずに切った。トビの求人はいくらでもあった。必要とあればすぐに職に就ける。

その足で戸塚の友人の家を訪れた。一緒に詐欺集団のアジトを襲っていた仲間だ。

トビの寮には個室が一応用意されていたが、わずか二畳の部屋でドアはペラペラのベニアで鍵もなかった。銀行口座を持っていなかった小柳は、大きな金を得ると、信頼のおける仲間に預かってもらっていた。その金を仲間から受け取ると、東海道線に飛び乗った。降り立ったのは鴨宮駅だ。鴨宮の大きな団地といえば、小柳には一つしか思い当たらなかった。

全部で一四棟ある巨大で古びた団地だった。小柳は団地の中庭にあるベンチに座っていた。団地の住民が出入りする時、ここを必ず通ることになるはずだ。

買ってきたキャップを目深にかぶって顔を隠す。

ポケットには仲間に預かってもらっていた金がある。五〇万。これで姉ちゃんと赤ん坊を引き取ってもしばらくは暮らせるはずだ。足りなくなったらトビとして稼げばいい。

人の気配がするたびに、少し目を上げて確認する。

〝クズ野郎〟か、〝姉ちゃん〟かを見極めるために。

だが日が落ちても、どちらも現れなかった。

冬の夜風が冷たい。

一一時を回った頃に、堪（こら）えきれなくなって公園に移動した。コンクリートの塊のような滑り台にトンネルがあった。落ちていた段ボールを中に運び込んで、敷いて横になった。

だが寒くて眠ることができない。団地の中を歩き回ると、大きなビニール袋を数枚と、ボロボロではあったが、捨てられていた折り畳み式のマットレスを発見してトンネルに運び込んだ。

マットレスを敷いて、段ボールとビニール袋をかけると寒さがいくらか和らいだ。寒さから逃れるために身体をもぞもぞと動かしていると、次第に温（ぬく）もりを感じるようになった。眠気が襲ってくる。

ああ、ラーメン食いてぇなあ、と思いながら、小柳は眠りに引き込まれていった。

早朝に寒さで小柳は目覚めた。

冬の弱々しい陽差（ひざ）しがかすかに辺りを照らしているが、まだ暗い。

小柳はトンネルから這（は）い出て、コンビニに向かった。

だがコンビニは閉まっていた。二四時間営業のコンビニは近隣に見当たらない。

空腹と寒さで震えながら、小柳は昨日と同じく団地の中庭のベンチに座り続けた。

それは小柳が野宿をはじめて三日目の夕方だった。

見覚えのある姿を小柳は目にした。

義父だった。まだ四〇代のはずだが、ひどく痩（や）せてヨロヨロと歩く。小さくなっていた。

そして顔色が悪く、肌に艶（つや）はなかった。

その様子をベンチに座ってキャップ越しに見つめていた小柳は、義父が通りすぎるのを待った。

足下がおぼつかないのは酔っているせいだ、と気づいた。

小柳が昼飯を買いに行った時にでも、呑みに出かけたのだろう。

小柳は距離を保って、義父の後をつけた。


小柳は義父の後を追って、団地の六号棟の三階にやってきていた。

柱に隠れて小柳は、長い廊下をヨロヨロと進む義父の背を見つめている。

外廊下で、中庭の様子が見える。人の姿は見えない。会社や学校などからの帰宅にはまだ早い時間だ。

義父はグラグラと前後に揺れながら、ポケットから鍵を取り出して、鍵穴に差しこもうとしている。

小柳は、義父を部屋に入れるつもりはなかった。部屋を特定したかっただけだ。

小走りになって廊下を進んだ。

その足音に気づいたようで、鍵を手にしたまま、義父が小柳に目を向けた。

小柳は小さく唸りながら、急襲した。

いきなり飛んだ。無防備だった義父は、腹にまともに小柳の飛び蹴りを食らって倒れた。

義父の手から鍵が落ちて、廊下に転がる。

喧嘩の必勝法は、なにより先手だった。

部屋には姉の理江と、その子供がいることが予想された。

腹を押さえて転げ回る義父の首根っこをつかんで、廊下を引きずって、階段の踊り場にまでつれていく。驚くほどに軽かった。

「姉ちゃん、妊娠させたの、おめぇか？」

ドスの利いた声で小柳が尋ねた。

義父は小柳の顔を見ようともしない。腹を抱えて横になったまま動かなくなった。

「おら、返事すんだよ」

小柳が義父の背中に蹴りを入れた。鈍い音がする。

「やめろ」

義父が顔を小柳に向けた。

小柳は無言のまま、背中に蹴りをさらに二発入れる。

義父がうめく。

「やめてくれ。肝臓が悪いんだ」

「知るかよ。姉ちゃん、施設に入れず、おめぇが引き取ったのか？」

義父は視線をそらした。

小柳は再び義父の背中を蹴りだした。何発も立て続けに。

「やめてくれ。そうだ。俺が引き取った」

「それで、妊娠させたのか？」

義父はまた沈黙した。

小柳は義父に馬乗りになると、義父を仰向(あおむ)けにして拳骨で鼻っ柱を殴った。

すぐに鼻血が噴き出した。

義父の腕を脚で押さえこんで、立て続けに三発殴ると、義父は「やめてくれ」と懇願した。

「おめぇが、妊娠させたのか？」

「ああ、そうだ……」

「子供と姉ちゃんは部屋にいるのか？」

義父は鼻血をだくだくと流しながら返事をしない。

「この野郎！」と小柳が怒鳴って義父の頬を張り飛ばした。

「テメェ、姉ちゃんと子供を放(ほう)って昼間っから呑み歩いてやがんのか？　母ちゃんみてぇに、姉ちゃん働かせてんじゃねぇだろうな？」

また小柳が頬を張り飛ばす。何発も。

「ち、違う。生活保護を受けてんだ」

義父はすっかり縮みあがっている。抵抗する素振りさえ見せない。

「姉ちゃんと子供は部屋にいんのか？」

「……いない」

「子供は死産だった。心音が聞こえなくなって、開腹手術したが、亡くなってた」

小柳はまた義父の頬を往復で張り飛ばしはじめた。まるでリズムを刻むように怒鳴りながら。

「おめぇが！　姉ちゃんを！　蹴ったり！　殴ったり！　してんだろ！　母ちゃんみてぇに！　だから！　子供が！　死んだんだろ？」

「や、やめてくれ！」

手を止めると、小柳は義父の胸ぐらをつかんで引き起こした。やはり軽かった。

「姉ちゃんはどこだ？」

義父は顔を背けるばかりだ。

その時、廊下に並ぶドアの一つが開いて、老婆が顔を出した。

「警察に通報したからね」

老婆はそれだけ言うとドアを閉めた。

小柳は胸ぐらをつかんでいた手を放した。力なく義父はその場に倒れて動かない。

小柳は廊下を歩いて、姉がいると思われる部屋に向かった。廊下に落ちていた鍵を拾いあげる。

鍵穴に鍵を差しこんで、義父に目を向けた。

「どこ行ったんだ？」

だが義父は小柳から視線をそらした。

鍵を回した。

ドアを引き開ける。

理江の驚いたような顔、そして「徹！」と笑みを浮かべる姿を想像して、小柳の頬が緩む。

だがすぐに部屋に理江がいないことに小柳は気づいた。臭いのだ。

カビ、腐敗物、体臭が入り交じって漂ってくる。

開けるとすぐにキッチンだ。紙屑（かみくず）や発泡スチロールなどが散乱している。流しには汚れたままの皿やフライパンなどが山積みになっている。

和室が二間あるが、敷き放しのフトンが一組だけあって、その脇（わき）に焼酎（しょうちゅう）の空きビンがいくつも転がっている。ちゃぶ台があって、その上に何個もの薄汚れたコップが置かれていた。食いかけの弁当が、ちゃぶ台の上に積まれていて腐敗しているのがわかった。

もう一つの和室にも姉の姿はなかった。雑然と、壊れた家具や家電が押し込められているだけだ。ただその中に安っぽいが新品のベビーベッドがあった。だが赤ちゃんはその中にはいない。

小柳は廊下に取って返した。

踊り場では、血だらけの顔で義父が座り込んだままでいた。逃げる気力もないようだ。

「姉ちゃんはどこだ？」

だが義父は小柳に顔を向けない。

小柳は義父の腹を再び蹴った。

義父は前に突っ伏して、もがき苦しむ。

小柳は義父を抱え上げると、そのまま外廊下の手すりの外に義父の身体を差し出した。

小柳が手を放せば地上三階から落下することになる。下には植え込みがあるが、命が助かるとは思えない。

「や、や、やめてくれ」

「おめぇ、俺が小さい時に、アパートの二階の窓から放り投げたよな？」

「い、いや……」

「死ねばいいって思ってたんだろ。今わかったよ」

「やめてくれ……」

義父の声が震えている。そればかりか、失禁したようで、尿の臭（にお）いが漂ってきた。

「姉ちゃんはどこ行った？」

義父は震えるばかりで黙っている。

「オラ！　返事すんだよ！」

小柳が腕で身体を揺さぶると、義父は小柳の腕にしがみついて懇願した。

「やめてくれ。頼む。戻してくれ。そしたら言う」

小柳は抱えていた義父を廊下に放り投げた。

義父は四つんばいになって、口を開いた。顔は小柳に向けずに地面を見ている。

「し、死んだ。自殺したんだ」

小柳は言葉を失っていた。

「子供を死産してから、おかしくなって、なにもしないで、ずっと泣いてばっかりだった。俺が出かけてるすきに、ここの屋上から飛び降りた」

姉は高校に通わせてもらえなかっただろう。義父の奴隷として暮らしていたのだ。生活苦、父親の子を妊娠、死産……。一五歳の小柳にも理江の絶望がわかった。

いや、それだけではない。避妊などするような男ではない。これまでに何度も堕胎させたりしていたのではないか。義父が堕胎のために病院に連れて行くとも思えない。腹を蹴ったりして……。

「姉ちゃんが妊娠したのは、これがはじめてか?」

義父は返事をしない。それが答えだった。

義父から暴力を受けながら、必死に腹の子をかばう理江の姿が浮かんできた。

「何人殺してんだ?」

義父はぴくりとも動かなかった。

もう一度、小柳は義父の顔を眺めた。人間のクズの顔を。殴ろうとしたが、義父の白目や肌が黄ばんでいることに気づいて、やめた。当時の小柳には黄疸(おうだん)という知識はなかったが、なにか重い病気なのだろう、と予想はできた。

「のたれ死ね」とだけつぶやいて、小柳は団地を後にした。

小柳が団地を出るのと入れ違いに、自転車に乗った巡査が二人、団地に入って行った。

翌日に小柳は、戸塚にあった会社の寮に、荷物を引き取りに行った。そこで、待ち伏せしていた警察に逮捕されて、小柳は鑑別所送りになった。

義父が小柳から暴行を受けたことを警察に訴え出たのだった。

わずかな鑑別期間を経て、初等少年院に送られた。

少年院での日々も、明るく優しかった姉の笑顔がちらついて、頭を離れなかった。喪失感と怒りで、何度も義父を殺したいという衝動に駆られた。少年院に収容されていなかったら、実行していたかもしれない。

＊

四四歳になった小柳は義父の消息を知らなかった。一片の興味もない。

苦いばかりの追憶だ。だが過去をたどることをやめられなかった。

〃死産〃という言葉が、生々しく思い起こされた。

小柳は雑巾を園庭の隅にある物干し台に干しながら、ふと思い出した。

先月のあの晩、もう明け方が近い時間に、隣で寝ていたやすみが起き上がる気配があって、小柳も身を起こした。

「どうした？」と不安に包まれて小柳の声が震えた。

「お腹が少し痛い。出血してるかも」

そう言って、目を見開き、自身の腹を見つめるやすみの蒼白な顔に張りついていた恐怖そのものの表情が忘れられない。その恐怖は小柳に伝播した。

だが小柳が恐怖していたのは〃死産〃そのものではないことに気づいた。それがまた恐ろしかった。どこかで自分の心の底からの痛みや恐怖として受け止められないような……。それは義父と同じで……。いや、ヤクザとして外道な生き方をしてきた男の荒涼とした心の風景なのではないか……。

小柳は雑巾を干す手を止めてしまった。

眉間には深いしわが寄っている。

視線を年長組に移すと、そこにやすみの姿があった。今は0歳児の補助に変わっているから、なにかの用事があって訪れているのだろう。

もし、やすみのお腹の子供が死んだりしたら、やすみは壊れてしまうだろう。それを考えるだけで、小柳は顔から血の気が退いた。恐ろしかった。

恐怖を覚えながらも、小柳はどこかでほっとしていた。少なくとも恐怖を覚えるのは〝人間らしい〟反応なんだ、と自分に言い聞かせていた。

小柳は花壇の花に水をやっていた。今のところ、花を踏んでしまった子供はいない。だから〝オニゴ〟は継続中だ。

水をやり終えて、園の前の道路の掃除をはじめたのが四時半だった。

すると、そこに保護者の一人がやってきた。

ゆり組の島崎冬美の母親の春恵だ。にぎやかな女性で、いつも大きな声で保育士や他の親と話している姿を見かける。

まっすぐに小柳に向かってくると、春恵は珍しく硬い表情で声をひそめた。

「小柳さん、ちょっとご相談があるんですけど」

小柳は春恵の顔を見やった。小さな顔の中の大きな目が小柳をまっすぐに見つめている。

「どんな……」と小柳も声を抑えた。

「きよちゃんママに聞いたんです。小柳さんが離婚の相談に乗ってくれて、色々とアドバイスしてくれたって」

〝きよちゃんママ〟は子供ともども、夫からのDV被害にあっていた女性だ。それを知った小柳は女性に離婚を勧め、小柳が夫と交渉して離婚を成立させた経緯があった。

今でも〝きよちゃんママ〟はわんわん保育園に女の子を預けていて、顔を合わせれば感謝されるし、旅行などに行った折りには必ず土産をもらうほどだ。だが、ことあるごとに保護者たちに〝用務員さんに助けられた〟という話をするらしく、時折相談事を持ちかけられる。〝用務員の小柳は元ヤクザだ〟という話が前提になっている相談事だった。〝ストーカーにあって困っているから、脅してやめさせて〟などという相談事もあった。その時は思わぬ結果になったが……。

「ちょっとひどい話なんですよ。相談乗っていただけませんか？」

「はあ、どういった？」

「まだお迎えには時間ありますけど、ちょっとここではできません、さすがに」

「どうしましょう。六時には確実に仕事終えますが、できたら七時以降にしていただけたら、食事の支度なんかが、できるんで、助かるんですが」

すると春恵が微笑んだ。

「聞いてますよ。小柳さん、家事は全部やってるんですってね。偉いわ～」

これも、保護者らから声をかけられることが増えた。最初は素直に嬉しかったが、次第に小柳は違和感を覚えるようになった。

「いや、時間があるのが私なんで。偉いとかじゃないっすよ」

「そういう謙虚なトコも偉いわ〜」

そう言われて、小柳はようやく違和の原因に思い当たった。

「女の人がやっても、まったく褒められないのに、男がやると褒められるってのが、どうにも気になるんすよ。ようやく気づきました」

春恵は怪訝（けげん）そうな顔をした。

「男の人はできないんだもん。それを学んだ小柳さんは偉いわよ〜」

小柳は首をひねった。

「女の人も学んだんですよね？」

「学んだっていうより、しつけだったなぁ」

また〝しつけ〟だった。あやうく追憶の世界に捕まりそうになったが、なんとか踏みとどまった。

「きよちゃんママの時は、駅前の居酒屋の個室でお話をうかがいましたが、どうしましょう？」

すると春恵は顔をしかめた。

「居酒屋かあ。ちょっと抵抗あるわぁ」

「失礼しました。どこがいいでしょう？」

「ウチのマンションに応接室があるんです。そこ無料で使えますんで、来ていただくこと可能ですか？」

「たしか、あの南口の……」

「プリンスマンションです。七時半でいいですか？」

「ええ、でもお子さんは大丈夫ですか？」

「七時半には夫が帰ってる予定です。小柳さんみたいに食事は作れませんけど、娘と一緒にテレビを見るぐらいはできますんで」

「そうですか。では七時半にうかがいます」

「お願いします。すみませ～ん」

園に入っていこうとする春恵に小柳は問いかけた。

「島崎さん」

「はい」と春恵が振り向いた。

「いつもより、今日はお迎えが早いですよね？」

「ええ、小柳さんにお願いしたかったので、今日は早退したんです」

「はあ」

会釈して園庭を歩く春恵の後ろ姿を見送りながら、小柳はどこかに不穏な空気を感じていた。

3

七時半、きっかりに小柳は、エントランス前で島崎家の部屋番号を入力した。

〈は～い、お待ちしてました。どうぞ入ってください。すぐうかがいます〉

エントランスのガラス張りの大きなドアがカチリと音をたてて解錠された。

小柳はドアを押し開いてエントランスで待つ。

すぐにポ～ンと音が響いてエレベーターの到着を知らせた。

扉が開くとジーンズ姿の春恵が会釈しながら降りてきた。

「ありがとうございます。こちらです」

春恵に導かれて、応接室と札のかかった部屋に案内された。

春恵がドアを開くと、三人がけのソファが二脚、一人がけのソファも二脚。大きなローテーブルを囲んでいる。

「奥へ、どうぞ」

春恵に促されるままに、奥にあった一人がけのソファにかけた。

春恵は斜向(はすむ)かいのソファに浅く腰かける。

「お飲み物はなにが……」と春恵が立ち上がるのを、小柳が止めた。

「ああ、結構です。食事もして、お茶も飲んできましたんで」

「でも……」と春恵は逡巡しながらも、給湯室に動きかけた。

「いや、本当に、お茶は必要ありません。用件、お聞きします」

すると春恵は「すみません」とソファにかけた。

「実は、私のことじゃないんです」と春恵は言い出した。

「え？　そうなんですか？」

「小柳さんも気づいてらっしゃるかもしれませんけど、美奈ちゃんのことです」

年長組になった四月から泣きっぱなしの女の子のことだ。三日間、保育園を休んだが、今日はどうにか母親が連れて登園した。母親の硬い表情が思い出された。

「ええ、最近、ずっと悲しそうですね」

「やっぱり気づいてましたかあ。さすが」

「いえ、あれはちょっと普通じゃないですから」

「なんだと思います？」

そう尋ねる春恵の表情が少し楽しげに見えるのが気になった。

「ちょっと想像がつきません」

「ひどいんですよ。あそこのパパ！」

「はあ……？」

「ちょっとイケメンじゃないですか。私はあんまり好きじゃないけど」

「拝見したことないんですが、いい男だってお聞きしました」

春恵は大きくうなずいた。

「あそこのパパ、家を出て行っちゃったんです」

「……え？」

「浮気して、それがバレて、そのまま若い女のマンションに転がり込んでるんですって」

「あ」

「家を出たのが、今年の三月末。年度末って県の職員には、都合いいのかな」

美奈が一日中泣くようになった頃だ。

春恵の鼻息が荒くなった。

「信じられないですけど、あの男、家を出て行く時に、美奈ちゃんに〝パパはママを嫌いになったから出て行く〟って言ったらしいの。そんなこと言います、普通？　子供にですよ」

母親の背中を見送っていた美奈の悲しげな泣き顔が思い出された。

母親が亡くなり、施設に預けられた時、小柳は天涯孤独を意識した。大好きだった姉と引き離されて、ひどく心細かったのも覚えている。だが、小柳は泣かなかった。ただ荒れ狂った。今思えば、怒りで、傷んだ心を押し出してしまったのだ。

恐らく、美奈の心は傷んでいる。

だが……。

「離婚に向かって動き出してるってことですよね？」

「そうみたいです。買ったばかりの一軒家を売りに出すみたいだから」

小柳は応接室の天井を見上げて吐息をついた。

「つ～ことは、障害はない。当人同士の問題で、私が出る幕はないと思います」

傷ついた美奈の心を癒せるのは、父親と母親の復縁……それが不可能なのは春恵の言葉を聞くだけで充分にわかった。だとすれば残された救いは〝時間〟だけだ。

すると春恵が怒気を含んだ声で詰め寄ってきた。

「それでいいんですか？　浮気して、妻と子供を捨てて、若い女と暮らしてるなんて、最低じゃないですか。そんな男がのうのうと生きてるなんておかしいですよね？」

春恵の怒りに気押されながらも、小柳は首を振った。

「そんな生き方はやめろって、たとえ私が、そのお父さんをぶん殴ったとしても、そういう野郎は、変わりません。周囲の人間が、どうこうできることじゃねぇと思います。離婚するのも一つの手です」

春恵は腕組みをした。

「県の職員だから、公務員の倫理規定みたいなものに抵触してたりしないかって調べたんだけど、わからないんですよね。美奈ちゃんも、ママもかわいそうで」

小柳は一つ首をひねった。

「お聞きしてなかったですけど、島崎さんは、その野郎をどうしたいんですか？」

すると春恵も首をひねった。

「う～ん、罰したいのかな……。こんな不正が許されちゃう世の中がいいわけないって。小柳さんがどうかしてくれるんじゃないかって」

小柳は首を振った。春恵が望んでいるのは父親に〝罰〟を与えることだ。〝ヤクザの暴力〟を期待しているのだろう。

「そりゃ、無理です。かわいそうだけど」

すると春恵は拍子抜けしたような表情を浮かべてため息をついた。

「その、いきさつってのは、島崎さんが、美奈ちゃんのママから聞いたんですか？」

「うん。最近、暗い顔してるし、美奈ちゃんがずっと泣いてるの見てたから、〝なにかあった？〟って聞いたら、一時間ぐらいしゃべりっ放し。普段はあんまりしゃべる人じゃないんですよね。控えめで感情をあらわにしたりしないし。だから余計に不憫で」

「そうすか」

その時、小柳の脳裏にやすみの言葉が蘇った。

「ちょっと聞いたんですが、あんまり美奈ちゃんが泣くもんで、先生がママに理由が思い当たらないかって尋ねたそうなんです。そしたらママは〝思い当たることがない〟って答えたって……」

聞きながら春恵は顔をしかめた。だが、口を開こうとしない。

「今、島崎さんのお話を聞いてると、パパが美奈ちゃんとママを捨てて、出て行ってしまったのが原因だと思います。なぜそれを美奈ちゃんのママは先生に言わなかったんでしょう？」

春恵はさらに難しい顔になった。

「だって、それは家族の恥部でしょう？　そういうこと言えないタイプなのよ、あのママは。夫婦喧嘩も一度もしたことないって言ってて驚きましたから。言っても無駄だし。絶対に変わらないから我慢してるって」

「我慢？」

「私ならガツンって言って叱りますよ。あそこのパパ、料理もしない、子供の面倒も見ない。家事は一切しない。でもあそこ、ママの方が職場で偉いんですよ。パパは主任クラスらしいけど、ママはその上の〝主査〟ってヤツなんですって」

「それって家事をしないことと、なにか関係あるんですか？」

「職場での地位を家庭に持ち込むって嫌らしいでしょう？」

そんなことがあるものなのか、と小柳は疑問に思ったが、勤め人の事情などわかるわけもなかった。小柳はそれ以上尋ねることはしなかった。

「だから、ママは家では我慢してるんだと思う。あのママも仕事が忙しいからねぇ。それで家事全般やるって大変だったと思う。それなのにパパは浮気して出て行っちゃうって最低だと思いません？」

小柳は黙り込んだままだ。かなり春恵の憶測が入っているようだったが、たしかにひどい話だ。だが関係を複雑にしているのは、当人同士のような気がしてきたのだ。気持ちが湧かない。立ち入るべきことでもないような気がする。

小柳は頭を下げた。

「私ではお力になれないと思います」

春恵は不満そうな様子を隠そうともせずに小柳を見ていたが「そうですか。ご足労いただいてすみませんでした」とそっけなく言って頭を下げた。

「島崎さんって、なんで、人のことに首突っ込んで、あんなに怒ってんだ？」

今日も小柳は〝お勉強〟をしたが、気が乗らずに一時間きっかりで切り上げて、居間にやってきた。やすみは相変わらず端正な正座姿で洗濯物を畳んでいる。

いつものように小柳は壁を背にして足を伸ばして座っていた。

やすみと園長である佳子には、帰宅してから、春恵の訴えのあらましを伝えてあった。

小柳の下着を畳み終えると「どっこいしょ」とやすみは立ち上がった。

タンスに洗濯物を収めると、小柳の隣に「よっこいしょ」とお腹をかばいながら、畳に手を突いてから座った。

「島崎さんは、ちょっと古いタイプのお母さんかな」

「古いかい？」

「うん、あそこの冬美ちゃん、オネショがなかなか治らなくて、その度にあのママ、おしりを叩いてたの。赤く手形がついてるくらいだったから。〝オネショは叩いても治りません。逆に悪化します〟って言ったら、〝これはしつけです〟って言ってやめなかったの。それでも繰り返し〝やめて〟って言ってたんだけどね。ある日、お尻が赤くなかった。オネショが収まったみたい。多分、私がしつこく言うから嫌になって叩くのやめたんだと思う。叩いたり叱責されたりするとオネショはひどくなる子が多いから」

「たしかに古いタイプだなあ」

「多分、あのママも子供の頃に叩かれてたんだと思う。そういうことをなかなか〝更新〟できない古いタイプ」

「アレか？　近所のお節介ババアみたいなもんか。お為ごかしで、人の粗を訊きだして、近所に言い触らして回るっていたなあ。ウチのオフクロがパチンコ屋で働いてるのを近所に触れ回ってた婆さんがいて、犯罪者扱いだったよ」

「島崎さんはそういう傾向があるかも。噂話が好きで、尾ひれをつけて、拡散しちゃう」

「辛口だな」と小柳が笑う。

「どこで聞いてきたのか知らないけど、うちのお母さんが昔、離婚したのを島崎さん聞きつけたみたいなの。お母さんが産んだのが私で、この容貌を見て、お母さんの不倫を疑ったお父さんが家を出てしまったって。そんな話が広まってた。私の出自を知ってる保護者の方が島崎さんから聞いたって教えてくれた」

珍しくやすみは表情が険しい。

「そりゃ、ひでぇな。作り話を面白がってやがる。しかも九割以上が〝尾ひれ〟じゃねぇか。本体がなくなってんな」

「そうなの」

小柳が首をひねった。

「ん？　ひょっとして、寝ションベンでケツを引っぱたくのを、あんたが何度も注意したから、その腹いせか？」

「多分、そうだと思う」

暗い顔をしていたやすみがようやく笑った。

「だから、島崎さんの言うことを真に受けちゃダメ。どこまでが本当かわからない。断って帰ってきた小柳さん、正解です」

照れくさくて小柳は黙ってしまった。自分でも不思議なほどだが、やすみに褒められると、どうしようもなく嬉しくなってしまうのだ。惚れた弱みだ、などと心の中で言い訳してみても、その気持ちが消えることはない。

「さあ、フトン敷いちゃうか」

そう言って立ち上がった小柳の顔には嬉しそうな笑みがあった。

ふと久住の寂しそうな笑みを小柳は思い出していた。

ヤツは結婚してんのか、と小柳は一瞬思ったが、俺こそ大きなお世話だな、と押し入れからフトンを取り出した。

翌日は朝から暑かった。九時過ぎには三〇度を超えていた。

空には大きな入道雲がある。今日も夕立があるだろうか、と思いながら小柳はわんわん保育園の前の道を掃除していた。

時計を見ると一〇時だ。

道を掃く手を止めて、顔を上げた。

自転車に乗った高遠の姿があった。かつて小柳が所属していた組で、盃を交わした舎弟だ。今は同系列だった別の組に所属しているが、異例の大出世を果たして、若くしてナンバー2である若頭になっている。年長の構成員たちをごぼう抜きにしての出世だったが、誰にも文句を言わせない手柄を上げていたし、なにより高遠は優秀で如才なかった。

身長は一九〇センチに近い。瘦身だ。顔だちは柔和で、優男の部類だが、舐めてかかると火傷する。その胆力と明晰さ、そして腕っぷしは一流だ。

高遠は荷台にチャイルドシートを載せた〝ママチャリ〟に乗っている。その長い足を思いきり広げて、ペダルを漕ぎながらゆらゆらと進んでくる。

いつもダークスーツに身を包んでいるが、保育園を訪れる時専用の〝ヤクザに見えないダサいジャージ〟で、アイロンパーマで鉄板のように整えられた髪は、ヤクルトスワローズのキャップで隠している。とはいえ漂わす雰囲気はどう見てもカタギではない。

「チワっす」

小柳の前までやってくると、自転車にまたがったままで高遠は頭を下げた。

「お前、息子、小学生になったんだろ？　そのチャイルドシートに乗せちゃいけねぇんじゃねぇのか？」

高遠が笑った。

「兄貴が警察みてぇなこと言ってる」

「うるせぇ。兄貴って言うな」

「じゃ、なんて呼べばいいんすか？」

「先輩とか、小柳さんとかよ」

高遠がまた笑いだした。声が大きい。

「そんなダセェの、死んでもヤっすよ」

「声がでけぇんだよ。兄貴とかヤクザみてぇなこと言うなら、ここに来んな」

高遠が不満げな顔になった。

「仕事ばっかりで、呑みにも付き合ってくれねぇし、ここに来るしかねぇじゃねぇですか」

「だから、妊娠してて……」

「もうわかりましたって。実は」と高遠が声をひそめた。

「ウチも二番目を仕込んでまして、五カ月です」

高遠が家族の話をするのは珍しい。ヤクザの世界では、家庭を大事にしているなど最高に〝ダサい〟男とみなされる。だが高遠が子煩悩な善き夫であることを小柳（のみ）が知っていた。

「そりゃ、でかした……」

小柳は喜びの声を飲み込んでしまった。高遠は……筋金入りの現役ヤクザの高遠は、息子を、そして妻の腹の中にいる子を〝可愛い〟と思っているのだろうか。

「なんすか？　どうしたんすか？」

高遠が急に黙り込んだ小柳の顔をのぞき込んでくる。本気で心配している顔だ。

「いや、なんでもねぇ。良かったな。男か？」

「本当になんでもねぇんすか？」となおも高遠は心配そうにしている。

小柳はかぶりを振った。

「なんでもねぇって」

まだ高遠は小柳の様子を探るような目をしたが、鋭くなっている小柳の目に気づいたようで、それ以上尋ねることは控えた。小柳を怒らせると、どうなるかを身をもって知っているのだ。

「女の予定です」

「そうか。めでてぇな」

「ありがとうございます」

高遠は深く頭を下げた。

「で、どうだった？」

「ああ、そうだ」

高遠はジャージのポケットから、四つに畳まれた資料を取り出して、小柳に差し出した。美奈の父親と母親の素性を探るように頼んであったのだ。

「神奈川県のホームページに、田端伸一（しんいち）のプロフィールがありました。職員採用のページで、一五年目の先輩からの体験談みてぇのがあって、そこにばっちり写真付きで載ってました」

　小柳は資料を開いた。

　そこにはさわやかに笑う田端伸一の写真があった。たしかに美男だ。四〇前後というところか。

「出身は鹿児島。大学が神奈川で、土木、税務、都庁への派遣を経て、今は土木関係に戻って主任ってヤツです。大体、三年ごとに異動があっていろんな職場を経験するってシステムらしいっす」

「そうか。女房の方は？」

「これが、なかなか調べがつかなかったんで、情報屋に依頼しました。県庁は案外簡単に情報が手に入るようです。情報源が県庁の職員だそうで」

「そうか。で、この男が転がり込んでる女の家はわかったのか？」

　高遠が難しい顔になった。

「それが、戸塚のボロアパートなんすよね。若いのに一晩中張らせてたんですが、女の姿は見かけなかったそうで」

　高遠がスマホの画面を小柳に見せた。

　外階段の二階建ての木造アパートだった。古めかしい。玄関ドアの脇に洗濯機が置かれている。六部屋あるうちの二戸にしか洗濯機はない。

「この洗濯機がある方のどっちかってことか?」

高遠が首を振る。

「それが不思議なんです、一番右の一階の部屋なんです。洗濯機はないっす」

「前からなかったたってことか? 女の部屋だったたんだろ?」

「それはちょっとわかりません」

「洗濯どうしてんだ?」

「それもわかりません」

高遠は考えるような顔になって続けた。

「俺の中学ん時の同級生が、浮気がバレて、嫁さんと子供に出て行かれちまって、酒びたりになって、生活ボロボロんなって病気したりしたそうっす」

「だから、なんだ?」

「洗濯とかも、したくねぇんじゃねぇかって」

自堕落な生活に落ちる、ということか。

「てめぇで招いて、てめぇが落ち込むのか。馬鹿みてぇだな」

また小柳が「ん?」と首をひねった。

「女が一緒に暮らしてんだろ? 女も洗濯しねぇのか?」

「そうっすよねぇ。女なんかいねぇんじゃねぇっすか」

「でも、それも別居の原因だって言ってたなあ」

すると高遠が薄く笑って、自転車を方向転換させて、ペダルに足を乗せた。

「ま、引き続き、若いのに張らせときますよ、小柳先輩！」

その呼び名が気味が悪くて、小柳は身を震わせた。

「て、てめぇ！」と小柳は目の色を変えて、高遠の自転車を蹴ろうとした。

だが、高遠はすでに逃げるように自転車を漕ぎだしていた。

「失礼しや〜す」

「馬鹿野郎！」

高遠は自転車を漕ぎながら、振り向いてニコリと笑って一礼する。

小柳も思わず笑ってしまった。

ヤクザの〝体質〟はかなりそぎ落とすことができている、と思っていた。だが身体に染みついている〝面子(メンツ)〟のようなものは、なかなか抑えることができない。

自分で蒔(ま)いた種とはいえ、舎弟にからかわれたことに瞬時に腹を立てていた。もし、高遠が逃げていなかったら、条件反射のように蹴り飛ばしていただろう。

小柳は資料を手にして、わんわん保育園に目を向けた。

今は、子供たちは部屋にいる。

その中に美奈の姿はない。今日はお休みなのだ。

家に母親と二人でいるのだろうか？　それとも藤沢にあるという祖父母の家に預けられているのか……。しかし、登園できないのだとしたら、母親と家に二人でいるのだろう。

泣いて登園を嫌がる美奈と、困惑する母親の姿が浮かんだ。

やすみに聞いた話を思い出していた。母親が入院してしまい泣きっぱなしだった子供の話だ。母親の入院以来、子供は父親にくっついて離れなくなってしまった、という。

美奈も母親に抱かれているのだろうか。

4

月曜日の一一時を過ぎた頃、横浜のユメコーン保育園の園長に小柳は職員室に呼び出された。

ユメコーン保育園の職員室は狭い。保育士は優に二〇人を超えるのだが、小さな作業机を五脚しか入れられない。以前はこの作業机さえなく、園長のための大きなデスク、そしてソファとテレビが置かれていたのだ。ほぼ私室だった。これは以前にでたらめな運営をしていた社会福祉法人の遺物だ。

その法人の不正を暴いて、乗っ取りを企てたのが小柳だ。悪辣（あくらつ）な運営をしていた理事長とその一味を追い出して、社会福祉法人わんわん会の理事長であった義母の佳子に頼み込んで、乗っ取った二つの保育園と付属の学童保育、そして二つの特別養護老人ホームの運営をしてもらっているのだ。

　佳子はすぐに目茶苦茶だった前法人の運営を正した。職員室から大きなデスクとソファとテレビを駆逐して、簡便な作業机を入れた。さらに用務員室などというまったく不要な部屋を開放して、ここを職員室兼、休憩室としている。

　異様なまでに引き下げられていた職員の給与は普通に戻したし、なにより陰険な支配者が去ったことにより園には明るさが戻った。

　ユメコーン保育園園長の福田は、かつてわんわん保育園で、主任をしていた女性だ。いつもおっとりと上品だ、と小柳は感じていた。

「小柳さんにわんわん保育園に来ていただけないかって、佳子先生からお電話いただいたんです。廊下の突き当たりに、絵本の棚がありますでしょ？　あれが突然崩れてしまって、釘がむき出しになって危ないらしいんです」

「あ、はい。わかりました。このあと、雑巾の洗濯がありますが、それを終えたらすぐに向かいます」

　すると福田は顔の前でヒラヒラと上品に手を振った。独特のボディランゲージをするのも小柳のお気に入りだ。

「雑巾は私が洗濯しておきますので、すぐに平塚に向かってください。釘がむき出しなんて危ないですものね」

「はい。でも、洗濯なんてすぐなんで、やっちゃってから……」

また福田はヒラヒラと手を振った。小柳は噴き出してしまいそうになるのをどうにか堪えた。

「釘のことを考えると心配で仕方ないんです。佳子先生が対策なさってくださっていると思いますけど、たいちゃんが、元気に廊下を走ってるのを想像するだけで、ドキドキしてしまって」

〝たいちゃん〟はかつて福田が担任した男児だ。今は年長のゆり組にいる。たしかに活発ないたずら小僧だった。すぐに向かいます」

「わかりました。すぐに向かいます」

エプロンを脱ぎながら、出入り口に向かう。

「ありがとうございます。お気をつけて、いってらっしゃいませ」

背中にかけられた福田の声に、小柳はまたも噴き出しそうになったが、背を向けたままで「いってきます」と一礼して部屋を出た。

時計を見ると、昼休みの真っ最中であることに気づいて、小柳は正面から入るのをやめた。小柳の姿を子供たちが見つけたら、〝用務員さんの鬼ごっこモード〟になってしまうだろう。棚を修繕するとすれば、子供たちが庭で遊んでいる今がちょうどいい。

小柳は隣接するベビー用品専門店である東松屋（ひがしまつや）の裏に回り込んで、裏口から入ることにした。

庭からは子供たちのはしゃいだ声が聞こえる。小柳抜きでも鬼ごっこは盛り上がっているようだ。

園の裏口へと通じる道は未舗装でコンクリートの踏み石がある。石を踏みながら進んでいくと、元気な声の合間にすすり泣きの声が聞こえてきた。

「なにしたか、自分で言ってみて。もう年長さんだもん、それくらいわかるよね？」

聞き慣れない大人の女性の声。尖っている。

小柳は歩を止めた。東松屋の建物の陰に身を隠す。

顔を少し出して、園庭の様子をチラリとのぞいた。

スーツ姿の女性の後ろ姿。隣にはしゃくりあげて泣いている女の子。美奈だった。うつむいて泣きながら、目をこすっている。

スーツの女性は美奈の母親の幸枝であることが、後ろ姿でもわかった。

二人の前には、六人の女児が並んで、二人に向き合っている。笑っている子もいるが、ほぼ全員が不安げな顔をしている。いずれも年長のばら組で美奈と同じ年だ。

「なにか美奈に謝ることない？」

幸枝が詰問調で、子供たちに問いかける。子供たちの顔色が変わった。笑っていた優美ちゃんの顔からも笑みが消えた。〝恐い声〟に脅えているようだ。

園庭の隅には、用具入れがあって、職員室からの視界が一部欠ける。ここは縄跳びチームが遊ぶ場所に決まっているのだ。

縄跳びを手にしている子供たちは、もじもじしているばかりだ。

「美奈が嫌だって言ってるのに、無理に縄跳びに誘ってるでしょ」

子供たちは一斉に顔を上げた。お互いに目配せをし合っている。

「してるよね？」

厳しい声音で、幸枝が問い詰める。

しかし、子供たちは返事をしない。

「優美ちゃん、美奈が嫌がってるのに縄跳びに誘ったでしょ？」

名指しされた優美は、脅えながらも首を振って否定している。

美奈はうつむいたまま泣き続けているばかりだ。

「嫌だって言ってる子を無理に誘って遊ばせるのは、イジメなの。わかる？」

子供たちは返事をしない。

「自分も無理矢理、鬼ごっこに入れられたら嫌でしょ？」

やはり子供たちは返事をしない。

「イジメるつもりは、なかったかもしれないけど、美奈は傷ついてて、保育園に来たくなって言ってるの。美奈がしたくないことを、無理矢理にさせるのはイジメなの。わかる？」

幸枝の表情は小柳からは見えない。だが声音から、かなり険しい表情であることが予想された。

六人の子供たちの中の美紀とゆまが泣きだした。

「私だって叱りたくないよ。でも、仕方ないでしょ。美奈にみんなで謝って」

小柳は庭の奥に目をやった。保育士が数人、子供に付き添って遊んでいるが、誰もこちらに目を向けていない。

「いい？　せーの、はい！」

泣いていたゆまだけが「ごめんね」と泣きながらつぶやいた。

「ゆまちゃんありがとう。優美ちゃんは、なんで謝らないの？　他の子もやったでしょ？」

すると優美が顔を上げた。その顔には怒りがあった。だが恐ろしいらしくブルブルと震えている。

「やってない。一緒に縄跳びしただけ」

声がかすれて震えているが、優美はしっかりと幸枝に目を向けている。

「嫌だって言ってるのに、無理に誘うのはイジメなの」

幸枝の声が大きくなる。

「美奈ちゃん、嫌なんて言ってない」

やはり震える声で優美が反論した。

「言ったって、美奈が言ってるの」

幸枝は美奈の背中を押した。だが美奈は泣くばかりで動こうとしない。

「優美ちゃん、いい？　嫌って言えないけど、嫌だってこともあるの。友達だったら、そういうこともわかってあげるのが優しさじゃない？」

優美は黙って幸枝を見つめている。その顔から怒りは消えない。

「謝って。そして、もう二度と縄跳びに誘わないって、ここで誓って」

幸枝の声がまたも高まる。ひどく強引だ。

だが子供たちは黙ったままだ。

美奈の泣き声だけが辺りに響く。

小柳は出て行くべきか、を決断できずにいた。ヤクザの鉄則ともいうべき〝速攻〟ができない。あまりにセンシティブな問題だった。判断を決することに慎重にならざるを得なかった。

だがさらに幸枝が無理に謝罪を求めるなら……。

動きがあった。

小柳は身を隠した。

若い男性保育士の辻田が異変を見て取って、幸枝たちの方に向かってきたのだ。

「なにかありましたか？」

辻田が幸枝に声をかけている。

「い、いいえ、ちょっとお話を聞いていただけです」

明らかに動揺している幸枝の声が答えた。

小柳は身を隠したまま、耳をそばだてていた。

幸枝の足音と共に、美奈のすすり泣きが遠ざかる。

「どうしたの？　美奈ちゃんのママになにを聞かれたの？」

辻田が子供たちに問いかけた。

「なんかわかんない」

優美らしき声が答えている。

「美奈ちゃんのことかな？」

「全然わかんな〜い」とやはり優美が答えて、走り出す音がした。

他の子供たちも「わかんな〜い」と笑って逃げていく。

間を置いてから、小柳は裏口から園に入った。

職員室に顔を出した。幸枝と美奈がいるかと思ったが、その姿はなかった。

園長の佳子一人だけが座っていた。

「ああ、徹さん、ありがとう」

佳子が立ち上がった。

「田端さん……美奈ちゃんのママは……」

「ん？　こっちには来なかったけど、泣いちゃってダメだからお休みするって、担任に言って連れて帰ったみたいよ。大変だわ」

「今、園庭の隅っこで、美奈ちゃんのママが、縄跳びグループの女の子たちを叱ってました。美奈ちゃんに謝るように詰め寄ってました」

佳子の顔色が変わった。

「叱ってた？　なんで？」

判断が難しかった。小柳は息を整えながら、冷静に分析してから、語りだした。

じっと話に耳を傾けていた佳子の顔に険しさが宿っている。

「美奈ちゃんのママを、徹さんが止めてくれたの？」

小柳が首を振った。

「いえ、みっともねぇ話ですが、出て行くことができませんでした。辻田先生が異変を察して声をかけてくれたんです。そしたら〝ちょっと話を聞いていただけだ〟って言って逃げるようにして、その場を離れたんです」

「ママが叱ってる間、美奈ちゃんはどうしてたの？」

「ずっとうつむいて、泣いてました。ママに促されても、一言も言葉を発しませんでしたし、顔を上げることもありませんでした」

「うん」とうなずいて、佳子は腕組みをして黙り込んでしまった。

小柳は黙って佳子の言葉を待った。

「ある程度、美奈ちゃんとママの、この週末でのやりとりは想像がつく。人は意外なところに〝責任〟を転嫁するもんだわ」

保育園に行かない理由を問いただす幸枝、その答えを〝言葉〟にできない美奈。小柳もそう感じていた。

佳子は小柳がうなずくのを見て、うなずき返した。

「一応、事実関係を確認しなきゃならないわね。でも、今日はやめておきます。あの子たちに一日に二度も同じ仕打ちを与えられない。担任にはケアをお願いしておきます。徹さん、報告してくれてありがとう」

「いえ」と小柳は一礼して廊下に出ようとしたが、足を止めた。

美奈の父親が家を出ていることを、佳子に告げるべきか否か悩んでいたのだ。

「どうした？」

「いえ、なんでもありません」

小柳は、言葉を飲み込んだ。

「棚の修理、お願いね」

「はい」

佳子に報告するのは、事実関係を確認してからだ、と職員室を出た小柳の顔には鋭さがあった。幸枝に対する怒りが小柳の中で沸き上がっていた。

戸塚駅で電車を降りて、徒歩で一〇分ほどの閑静な住宅街の一角に、そのアパートはあった。午後一〇時を過ぎている。静かだ。

周囲を見回すと、綺麗な一戸建てばかりだ。だからそのアパートが古ぼけているのが際立つ。異様さを感じるほどだ。

小柳が手にビニール袋をぶら下げている。

アパートの前に黒塗りのセダンが停まっていた。

小柳の姿を認めたらしく、車のドアが開いたが、小柳が手で押しとどめた。

「そのまま」

セダンの中の男がドアを閉めた。すぐにウィンドウが開く。

ごつい顔の坊主頭の男が会釈する。高遠の組に所属する若い衆だ。

「失礼しやした！」

「馬鹿、でけぇ声だすんじゃねぇ」

男は身を縮こまらせた。

「すいやせん」

小柳は手にしていたビニール袋を差し出した。

「ジュースだ。もう帰ってくれ」

「サーセン」と男はビニール袋を受け取った。

「女は、やっぱりいねぇのか？」

「ええ、男だけです。帰ってきたのは九時半です」

男が帰宅した、と高遠から連絡をもらって小柳は駆けつけたのだ。

「そうかい。もう見張りはいいや」

小柳はそう言って、アパートの部屋に向かった。

「失礼しやす」と車の中から男が小声で挨拶する。

小柳は軽く手を上げて応えて、アパートの部屋に向かった。

表札も呼び鈴もない。だがキッチンと思われる窓に明かりがある。窓が開いていてかすかにラーメンのような匂いもしている。

小柳は木製のドアをノックした。

返事がない。

もう一度ドアを叩く。

「警察に通報しますよ」と中から不機嫌そうな男の声が応じた。

「田端さん、夜分に申し訳ありません。美奈ちゃんのお話をうかがいたくてお邪魔しました。わんわん保育園の小柳と申します」

部屋の中で動く気配はない。

「幸枝さんが、保育園を訪れて、子供たちを一方的に叱責しました。優美ちゃん、ゆまちゃん、美紀ちゃ……」

ドアが開いた。

写真で見たよりもやつれた顔をした田端が顔をのぞかせた。

小柳の人相を見て、驚いたような顔をしたが「どうぞ。散らかってますが」と告げて、ドアを開け放ったまま、中に戻った。

小柳は玄関に足を踏み入れた。

ひどい散らかりようだった。家を出てから四カ月と聞いていたが、一度も掃除をしたことがないようだ。しかもゴミを一カ所にまとめようとさえしていない。キッチンでカップラーメンを作って、その包装などをそのまま床に投げ捨てている。

キッチンの奥に六畳ほどの和室があるが、ここにも酒のビンや缶がたくさん転がっていた。部屋の隅にはフトンが一組だけ敷きっぱなしになっている。

女と暮らしているようには見えなかった。ただスーツがきちんとハンガーにかけられて長押につり下げられている。五着ほどある。部屋の荒れようと対照的で、型崩れしたり汚れたりはしていない。

小柳は靴を脱いでキッチンに上がった。だが座るようなスペースや椅子もない。

田端も立ったままだ。くたびれた赤いTシャツに短パン姿だ。

「私は酒を呑みたいんですが、かまわないですか？」

「ええ」

「じゃ、こっちへ。汚いし、暑いけど」

田端は和室に入って、小さな折り畳みテーブルの前に座った。

クーラーはもちろん、扇風機もなく部屋の中は蒸し暑かった。

小柳も和室に入って、テーブルの向かいのゴミの上にあぐらをかいた。

「どうしようもねぇな」と田端は汚れたコップに焼酎を注ぎながら、独り言のように吐き捨てた。

「はあ」

「優美ちゃんたちを、叱りつけたんですよね？」

「叱ったっていうのは少し言い過ぎかもしれません。強い調子で命じてたって感じです」

田端は焼酎を水で割って、グビリと呑んだ。

「いつでも、そうですよ。まだ叱った方がいい。無視したり不機嫌になったりして、無言で圧力をかけるんです。嫌なもんですよ」

「それはあなたに対してですか？」

「美奈にもしてるけど、主に私にですね。話し合いにも応じようとしない。ただひたすら無視です。ガチャンガチャンって食器なんかを乱暴に洗って、その音に紛れて、独り言めかして悪態を小声でつぶやいてるんです。ずっとですよ、それ」

「美奈ちゃんには……」

焼酎を一気に呑み干すと、田端はすぐに焼酎を注ぐ。

「美奈は奴隷です。あいつは美奈の言動を常にチェックしてて、いちいちそれをあげつらって叱る……いや、あいつに言わせると〝教えてる〟んだそうです。美奈はあいつの前にいると、いつもビクビクしてる。あいつがちょっと不機嫌そうな顔をしてるだけで、そわそわしてて、かわいそうだった」

小柳は、園で車の整理をしてくれている田沢の言葉を思い出していた。

〝しっかりしつけしてる〟

「立ち入ったことをお聞きしますが、ここに一人で暮らしてるんですか？」

すると田端が笑った。

「私も立ち入ったことをお聞きしますが、保育士じゃないよね？　なんなの？」

「わんわん保育園の用務員をしている小柳です」

小柳は一礼した。

「用務員？　園長に命じられたりして、ここに来たの？」

「いえ、相談されたり、偶然に見聞きしたりしたことが、気になってまして。伝聞じゃわからないことばかりなんで、直接、お聞きしたくてお邪魔しました」

田端は首をひねった。

「相談？　用務員さんが？　どんな権限があるの？」

「いや、権限なんかありません。ただ目の前に困ってる人がいると気になって仕方ねぇんです。でしゃばってすみません。でも……」

「ちょっと待って、〝困ってる人〟って誰？」

「美奈ちゃんです」

小柳の言葉に田端は、長い吐息をもらした末にうなずいた。

「……それはたしかに」

田端は焼酎を水で割らずに呑んだ。

「あなたはなんで、私のアパートを知ってるんですか？」

「ええ、ちょっと昔の知り合いに頼んで、探らせてもらいました」

田端は顔をしかめた。

「庁舎から後をつけて、ここを見つけたってことか。妻が〝相談〟したのかな？」

「違います。相談は別の人です。あなたが浮気をして、美奈ちゃんに〝パパはママを嫌いになったから出て行く〟と告げて、女の部屋に転がり込んでるって言ってました。なんとか懲らしめられないか、と相談を受けたんです」

田端は大きく目を見開いていたが、やがて苦笑した。

「浮気？　懲らしめるって……」

「もちろん、私は断りました」

「あなたはカタギじゃないように見えますね。はっきり言うとヤクザだ」

ヤクザに見えた小柳を、平然と部屋に上げたのもそうだったが、田端はどこか投げやりに小柳には見えた。何かを諦めてしまって開き直っている人間特有の〝自堕落な図太さ〟のようなものを感じていた。ヤクザにはこのタイプが少なくない。彼らは一様に抑制が利かず、長生きはできない。

「私は元ヤクザです。今は保育園の用務員をしています。私の前歴を知った人から、こんな相談を受けたりしてます。できることはほとんどない。あなたを脅したりする気もさらさらない。でも知りたい。困ってる人を救えるかもしれない」

田端は笑った。自嘲するような笑みだ。

「いまさら殴られたって、どうにもならない。もう戻れないし」

　また焼酎を田端は呷(あお)った。

「全然酔わないんですよ。いつも頭がキ〜ンって冴(さ)えてる。それでも呑み続けてると、どこかでコトンと落ちてくれる」

「寝ちゃうってことですか？」

「気絶するみたいに倒れるんだそうです。だから外で呑めなくなった」

「離婚は……」

「ああ、代理人を立てて交渉しようと思ってます。もう顔合わせるのが嫌なんで。あっちもそうするんじゃないかな。あっちも離婚に同意すると思うんで、家を売りに出したりして、条件が整えばすぐに成立します」

　小柳は難しい顔になった。

「あなたは、これまで美奈ちゃんの面倒なんかを含めて、家のことをまったくしなかったってお聞きしました。本当ですか？」

　田端はまた苦笑いを浮かべた。

「できますよ。独り暮らしが長かったんでね。なんでもできますが、妻がやらせないんです。私が聞いても答えないんでわかりませんが、家事は女の役割って決めつけてるんです。〝女の仕事〟を奪われるとでも思ってんのかな」

「そんな話もできないんですか？」

「ええ。そうです。普通の夫婦じゃありません。あっちも仕事が忙しいんで、先に帰った私が料理したりすると、不機嫌になって嫌な空気になるんです。なので頼まれたことしかしなくなった。あいつは美奈をお迎えに行ってますが、帰ってきてからも家でずっと仕事してるんですよ。美奈の世話をしてるわけじゃない」

「喧嘩の原因ってのは、〝しつけ〟のことですか」

「そうですね。しつけってよりは、虐待だって私は思ってましたけど。些細なことで、叱り続けるんです。美奈が泣いて謝ってもやめない。そりゃ〝もうよせ〟って言いたくなるでしょう。でも言っても聞かない。私を無視して、美奈を叱り続けるんです。だから〝夫婦喧嘩〟じゃない。私が怒ってるだけですね」

「毎日ですか？」

「ええ。だから、せめてと思って、私は週末には美奈を連れて外出するようになりました。朝から晩まで。何度か優美ちゃんや、ゆまちゃんと一緒に遊んだな。いい子たちなのに……」

小柳が首をひねった。

「そういうことしても、奥さんは怒らないんですか？」

「私たちが外出している間、仕事や試験の勉強してるらしいんで、都合がいいんでしょ。そのことを直接とがめたりはしませんでした。でも、蚊帳の外に置かれてるって感じるのか、帰ってくるとずっと不機嫌で、箸の上げ下ろしなんてことで、執拗に美奈を叱ります。それで私が怒鳴ったりするようになった。でも無視です。美奈が困っておろおろしてる姿がかわいそうで、それがずっと続いて、手の打ちようがなくて、私は家を出ました。一秒でも、あの女と同じ空気を吸いたくなかった」

田端の歪められた顔を、小柳は鋭い目で見つめている。

「家を出る時、美奈ちゃんに声をかけたってのも本当なんですね？」

「ええ、でも〝ママを嫌いになった〟なんて、言いません。なんだったかな。〝パパが家にいるとママが怒るから出て行く〟という意味のことは話したかな」

「美奈ちゃんは、どうしてました？　納得したのかな」

「泣いてましたが、納得はしてくれたのかな。それはちょっとわからない」

小柳がすがめた目で田端を見つめた。

「浮気ってのは……」

「浮気？　誰が言ったんです？　そんなことする余裕なんかないよ」

吐き捨てるように言って田端は焼酎をグビリと呑んだ。嘘をついているようには見えなかった。

「このアパートは……」

「スーツケース一つで家を出たんで、しばらくはホテルでしたけど、不動産屋に〝横浜近辺で三万円の家賃〟って言ったら、ここだったんです」

「あなたは、ひどく捨て鉢になっているように見えますが、なぜです？」

田端は焼酎を口にすると、首をかしげた。

「美奈に会えないってのが、一番応えるな。それと社会的なポジションを失ったような感覚が……」

田端はふぅと吐息をついた。また苦笑いを浮かべている。

「違うな。自分なんて、いなくなればいいって感じかな」

軽い口調だった。だが田端の顔から苦笑が消えていた。そこには暗澹とした表情しかない。

「説教するつもりじゃないんです。でも聞いてください」

戸惑ったような、脅えたような顔で、田端はうなずいた。

「美奈ちゃんは、あなたが家を出た直後の四月から、ずっと保育園で一日中泣いてます。最近は保育園にも行きたがらなくなっているようで、奥さんも困っているようでした。先々週から登園しなくなりました。先週は一日だけしか登園してない」

田端の顔が苦しげに歪んでいる。小柳はそれを見て続けた。

「そして今日、お昼休みにやってきて、美奈ちゃんの目の前で、奥さんが優美ちゃんたちのせいで登園できないんだ、と叱責して、謝罪させようとしたが、失敗して、そのまま美奈ちゃんを連れて帰った」

田端が「美奈の前でやったのか……」とつぶやいた。呆然(ぼうぜん)としている。

「ええ、そうです。奥さんは県庁で偉いって聞きましたが、そんなに何日も休めないんでしょうね」

田端がうなずいた。

「有給もそれほど残ってないはずだし、簡単に休めるポジションじゃないし、人事考課のため休むことを恐れてる」

「これは私の想像ですが、困った末に、奥さんは土日にでも、美奈ちゃんを問い詰めた。〝どうして保育園に行けないんだ〟って。でも多分、美奈ちゃんはその理由を簡単に言葉で伝えられなかったと思う。あなたはなぜ保育園に行けなくなったんだ、と思いますか？」

田端はごくりと生唾(なまつば)を飲み込んだ。

「私が家を出たから……」

「私もそう思います。そして、頼るべきママは恐い存在だ。美奈ちゃんが〝パパに戻ってもらいたい〟と思っていても、決してママには言えない」

田端は黙ってうなずいた。

「たとえ美奈ちゃんが、その気持ちを伝えたとしても、奥さんは、あなたに〝戻って〟とは、口が裂けても言えない人だ」

「美奈もそれは知ってると思います」

「奥さんは保育園に原因を求めた。それが一番自分を楽にするからだ。自分の〝失敗〟のせいじゃないって。色々考えて思いついたのがイジメだ。でも美奈ちゃんが仲よくしている縄跳びグループは大人しい子ばかりで、思い当たらない。その中で少し活発でリーダー的存在の優美ちゃんに目をつけた。〝縄跳びしたくないんじゃない？　優美ちゃんが無理に誘ってるんじゃない？〟って誘導したんじゃないだろうか？　強引ですか？　間違ってますか？」

田端は強く首を振った。

「間違ってないと思います。いつも先回りして気持ちを美奈に押しつけてしまうんです。それに、優美ちゃんたちと縄跳びをしなくなったら、原因を取り除いてやったんだから、絶対に保育園に行けって命令するようになると思います」

「そう命令されたら、美奈ちゃんは従うと思いますか？　保育園に通えるようになると思いますか？」

田端は返事をせずに考え込んでいる。その顔には陰りがあった。

「従うと思います。でも、決してそれは美奈の本意じゃない。自分の気持ちより、あいつへの恐怖の方が勝って……」

田端は絶句してしまう。

小柳は腕組みをした。

「唯一の楽しい時間と友達を奪われ、保育園に無理矢理に行かされることになる。美奈ちゃんが心配だ」

「ええ」

田端の顔が曇っている。その顔を見ながら、小柳の目に強い光が宿った。

「あんたは浮気をして女と逃げたんじゃなかった。でも、あんたは、奥さんから逃げ出して、美奈ちゃんを捨てた」

田端は一瞬、戸惑ったような顔をしたが、力なく「ええ」と視線を落とした。

「美奈ちゃんが困ったり悲しんだりするのを見たくねぇから、美奈ちゃんを捨てて逃げ出したんだ。でも、美奈ちゃんは今も苦しんでる。それは自覚してくれ。そこから逃げねぇで、そこはしっかりと引き受けろ」

小柳の目がひたと、うつむいている田端に据えられている。やがて田端は顔を上げた。その目には涙がにじんでいた。

「ええ……そうです。私は美奈から逃げた。捨てた」

「このままじゃ、美奈ちゃんはあの女に壊される。他人は誰もそこに干渉することはできねぇ。虐待だ、と訴えても取り上げられねぇだろう。現に美奈ちゃんを〝しっかりしつけしてる〟と言っていた人もいる。もし、可能性があるなら……」

小柳はもう一度、田端を見据えた。田端は脅えたような顔をしている。その時、小柳はウィンクしてしまった。

田端は、驚いて目を見開き、はっきりと脅えた顔をした。

「あんたが、美奈ちゃんを助けてやってくれ。喧嘩になろうが、無視されようが、あの女が美奈ちゃんを無理にカタにはめようとしやがったら〝やめろ〟って何度でも諦めずに言ってやってくれ」

田端は困惑の表情を浮かべている。かまわず小柳は言い募った。

「土日は二人で楽しく遊んでやってくれ。美奈ちゃんのために生きてくれ、土下座でもなんでも、あの女にしてやればいい。罵(ののし)られようとも黙って受け入れて、家に戻って、美奈ちゃんのそばにいてやってくれ」

田端は視線を落とし、力なくうなだれた。

「あんたが美奈ちゃんを引き取るってのは無理か?」

田端が顔を上げた。

「調べましたが、共働きの夫婦の場合、男親が親権を得るのは、ほぼ不可能だそうです」

調べていたのか、と小柳はそっと吐息をついた。

恐らくは田端が心の隅で抱えている苦悩だったはずだ。直視したくなかっただろう。美奈を捨てて逃げたという事実から、目を背けるための酒ではなかったか。

小柳は立ち上がって一礼した。

「失礼なことは承知で言わせていただきました。申し訳ありません」

「いえ……」と首を振り田端はうつむいてしまった。

小柳は玄関に向かった。だが一つ聞き逃したことがあって、振り返った。

「あと一つだけ。美奈ちゃんは保育園に行くのを嫌がった。でも、そんなことをしたら、あの母親がより厳しい態度で接するだろうってのは予想がつく。家に二人でいたら、仕事に行けないイライラでずっと美奈ちゃんに文句を言ったり叱責したりするはずだ。美奈ちゃんにもそれはわかっているだろ？　なぜそれでも美奈ちゃんは保育園に行きたがらないんだ？　むしろ園に行った方が楽だろ？」

田端はうつむいたままの姿で黙っている。

小柳は黙って答えを待った。

田端が咳払(せきばら)いをして顔を上げた。

「美奈がまだ二歳になったばかりの頃、妻が急に三日ほど出張になったんです。乳離れは済んでたんで大丈夫だろうって判断でした。でも美奈はもちろんそれが理解できません。一度だけ大泣きしましたが、それきりでママを求めなかった。その代わりに、私から片時も離れなくなったんです。べったりくっついて抱いていないとダメなんです。一瞬でも離れると大泣きして、私は一人でトイレにも行けなかった。もちろん保育園に連れて行くと、激しく泣くので、結局私が仕事を休むことにしました」

田端の方が幸枝より出世が遅れている、という話を島崎春恵がしていたのを思い出した。こんなことも出世の差になるのだろう。

「今度は、あんたに捨てられたから、ママを求めてるってことかい？」

「そうだと思います。ママにも捨てられるんじゃないかって恐がってるんだと思います。美奈はちょっと特殊なのかもしれないけど」

「いや、それと似た話を保育士から聞いたことがある。気持ちはわかる。決して〝特殊〟なんかじゃねぇよ」

「ありがとうございます」

田端は頭を下げた。

「ってぇことは、ますますあの女が、美奈ちゃんを支配していくってことになる。違うかい？」

田端が大きくうなずいた。

「保育園に行かない……いや、行けないってのは、美奈の自然な気持ちの表れだと思いますけど、多分、このままだと、そんな美奈の気持ちも、あいつに押しつぶされてしまうような気がします」

小柳はもう何も付け足さなかった。

「失礼しました」と告げて小柳は玄関で靴をはいた。

「ありがとうございました」

振り向いて小柳は田端の目を見据えた。その目には生気が宿っているように小柳には思えた。田端が美男であることに小柳はようやく気づいた。

田端の目を見つめながら、小柳はまたもウィンクしてしまった。

田端が微笑した。

「それ、応援のウィンクですよね？」

小柳は返答に困った。

「その……この鼻の傷が……まあ、いいや、がんばりな」

「ありがとうございます」

田端は再び頭を下げた。

ドアを閉じると、小柳はチノパンのポケットに手を突っ込んで、歩きだした。

夏のねっとりとした夜気がまとわりつくが、気分は良かった。

小柳が家に帰り着くと、やすみと佳子が待ち構えていた。

田端の部屋を訪ねるとは言わなかったが、二人は勘づいていたようだった。

そこで、一階の居間でやすみと佳子を前に並べて、ことの顚末（てんまつ）を話した。

「そういうことか。合点がいくわね」と佳子がお茶をすすった。

やすみは少し悔しそうだ。

「私は美奈ちゃんの担任したことないんだけど、物凄く繊細で、子供同士でちょっとでも揉め事があったりすると、自分に関係なくても、すぐに泣いてしまうっていうのは有名だった。不安定なんだよね。ママの〝圧〟が高めなのは、担任とのやりとり聞いてても感じられたから。でも〝問題〟として関わるのが難しいパターンではあるんだよなあ、〝古い良妻賢母〟型は。自分の〝失敗〟を認めたがらない」

「そうね。間違ってても、確固たる信念持っちゃっててカチコチだから、他人の意見に耳を傾ける気がないんだよなあ」

そう言って佳子が茶碗を置くと、小柳に目を向けた。

「徹さんの見通しだと、どう思う？　田端さん……パパは家に戻る？」

小柳は即答した。

「ええ、間違いないです」

〝応援のウィンクですよね〟と尋ねた時の、田端の明るい表情をやすみと佳子に見せてやりたくなった。あの顔には〝覚悟〟があった。

「良かった。それでも簡単に好転するとは思えないけど、少なくとも今よりは楽になるはず、美奈ちゃんもパパも……ママも。でも、そこら中引っかき回して、とんだ良妻賢母だわ」

佳子の言葉を受けて、やすみが小柳に説明する。

「優美ちゃんのママが、今日、電話してきてね。優美ちゃんが帰り道からずっと大泣きしてたんだって。〝私はなんにも悪いことなんかしてない〟って。普段からあまり泣く子じゃないから、ママ、びっくりしたみたい。それで優美ちゃんは〝恐いから保育園に行きたくない〟って言ってるそうなの。ウチとしてはひたすら謝るしかなくて、対処方法を、お母さんと色々と考えてたんだけど、難しくて」

佳子がため息をついた。

「私たちの管理不行き届きってことだからね。でも、田端さんを保育園から締め出すわけにはいかないから、この件を職員全員に知らせて、田端さんが園にいる間は、目を離さないってことにしたの。それで優美ちゃんのママは納得してくれたんだけど、優美ちゃんに田端さんから直接に謝ってほしいって言われたのよ」

「う〜む」と小柳は唸ってしまった。とてもではないが、田端幸枝は自らの非を認めて謝罪するようなタイプではない。

佳子が小柳に目を向けた。

「徹さん、私、明日、わんわん会の定例会があってね。園に居られないの。先生方だけだと、どうしても保育の片手間の監視になっちゃう。私の代わりに明日一日だけ、わんわん保育園に詰めてくれない？」

「ええ、それはいいですけど。明日はユメコーンなんで、福田先生に……」

「うん、もう、連絡してある。〝小柳さんの代わりに、雑巾のお洗濯はさせていただきました、お気兼ねなく、とお伝えください〟って福田先生が」

佳子が〝お上品な福田先生〟の声音を真似ていた。

小柳は思わず噴き出してしまった。

佳子もやすみも笑っている。

「福田先生ってのは、公家さんかなにかみてぇっすよね、丁寧で」

佳子が珍しく声を立てて笑った。

「さすがに公家の出じゃないけど、実家は仙台で長く続いてる老舗旅館なのよ。お嬢様なの。でも、旅館で働いてた板前さんと駆け落ち同然で……」

「お母さん」とやすみがたしなめた。

「あ、ごめん。口が滑った」

すると佳子が時計を見て立ち上がった。

「あら、もうこんな時間、明日の支度しなくちゃ」と自室に引っ込んでしまった。

二人きりになって、小柳がやすみをジロリと見やった。

「福田先生のその後は、どうなったの？」

「その後は順風満帆。ご主人は料理人一筋で、今は横浜のホテルで、日本食レストランの料理長になってるし、福田先生は、保育士の資格とって、今は園長」

「旅館の跡取りが急に亡くなって、福田先生が〝女将さんは園長先生〟とか……」

やすみは首をひねって「どっこいしょ」と立ち上がった。

「つまらねぇなあ。もうちょっとノッてくれよ」

小柳は照れくさそうに坊主頭を撫で回した。

「う～ん。〝保育士を目指す元ヤクザさん〟は、今日はお勉強したのかな?」

「あ～、やすみ先生にゃ敵わねぇや。寝っか」

小柳も立ち上がって、やすみの痛む腰をさすってやりながら、二階へと向かった。

5

翌朝、一〇時を過ぎた頃に、美奈を連れて幸枝が登園した。美奈は相変わらず泣いている。美奈は幸枝に手をつないでもらったりしていない。幸枝は美奈の前を背筋を伸ばして足早に歩いている。その後を泣きながら美奈がついていく。

小柳は洗濯物を干していたが、注意は怠っていなかったので、すぐに気づいた。園の保育士はほぼ全員が、幸枝と美奈の姿を注視している。

美奈のお休みの連絡がないので、幸枝が不意打ちで登園するのではないか、と、園には緊張感があったのだ。

視線に気づいているのか、幸枝は硬い表情のままでまっすぐにゆり組に向かった。

小柳は乳児組の前にいたやすみと視線を交わして、廊下を通ってゆり組の前に向かった。

ゆり組の担任の越野が、部屋の前の廊下に出て幸枝と美奈を待っていた。

越野はいつも笑顔を絶やさない朗らかな保育士だが、幸枝を前にその表情は硬い。

幸枝が越野に会釈している。越野も会釈を返して、美奈に目を向けたが、美奈はうつむいて目をこすって泣いているばかりだ。

「おはようございます。遅くなってすみません」

幸枝が越野に頭を下げた。

「いえいえ。美奈ちゃん、大丈夫？」

越野は美奈の前にしゃがみこんだ。だが美奈は顔を上げない。

その様子を見ながら、幸枝が越野に向けて話しかけた。

「あんまり泣いて登園するのを嫌がるんで、美奈に理由を聞いてたんですが、なかなか話してくれなかったんです。でも、やっと理由を話してくれて、それで、なんで今まで話してくれなかったのか、わかりました……」

「田端さん、ちょっとごめんなさい」

いつのまにか、小柳の背後の廊下には、保育士たちが集まっていた。さらに子供たちがなにごとか、とのぞき込んでいる。

後ろから声をかけたのは、やすみだった。

「はい？」

幸枝が振り向いた。その顔には貼(は)り付けたような笑みがある。

やすみが小柳の前に進み出て、幸枝と対峙(たいじ)した。

「なにかお話があるようでしたら、職員室の方でうかがいます」

やすみの顔には穏やかな笑みがあり、なにより大きなお腹が、場を覆う緊迫感を和ませていた。

ところが、幸枝の顔からは笑みが消えた。

「いえ、すぐに済みますから、ここで」

「子供たちの前で、込み入った話はしないようにしてまして……」

するとと幸枝がやすみの言葉を遮った。

「いえ、子供たちにも知っておいてほしいお話なんです、これは。お友達との付き合い方の問題なので」

やすみは笑みを崩さずに告げた。

「子供たちに〝ついで〟に聞かせることじゃないと思います。どうぞ、職員室に」

作り笑いを一瞬浮かべた幸枝だが、表情がうつろになった末に、憮然とした顔になった。

やすみは美奈の様子に目を向けている。

立ち尽くして泣いている美奈の腕を、幸枝がつかんで引きずるようにして、職員室に向かって歩きだした。

小柳はそれを見ながら、やすみと共に職員室に向かった。

他の保育士たちは、子供たちを部屋に押し戻している。

職員室に入ったのは、やすみと越野、幸枝と美奈だった。

四人で向かい合って折り畳みのパイプ椅子に腰かけている。

小柳は職員室の前でドアの小さなのぞき窓越しに中の様子をうかがっている。

話の続きも気になっていたが、なによりやすみの身体が心配だった。

「失礼しました。改めてお話をうかがいます」

やすみに促されて、幸枝は顔を上げた。

「ここ二週間ほど、美奈は保育園に行くのを嫌がるようになりました。急にです。朝から泣いていまして、腹痛を訴えたりしていましたが、通院しても原因不明ということでした。医師には〝別の原因があるんじゃないか〟と言われましたので、考えてみましたが、思い当たることがありません。それで改めて美奈に理由を聞いてみたんです」

幸枝は泣いている美奈に目を向けた。美奈は手で顔を覆ってしまっている。

「それでも美奈は、はっきりとした理由を言いません。〝わかんない〟とか〝なんか恐い〟って言うばかりで。でもその〝恐い〟ってことが引っかかりました。恐い原因がどこかにあるんじゃないかって」

幸枝はやすみと越野に交互に目をやってから続けた。

「優美ちゃんとは家も近くて、〇歳からのお友達だし、距離が近いんです。でも近すぎるって感じることもあって。優美ちゃんは美奈よりも強いから、時折強引に誘い出したりするんですね。日曜の朝早くに訪ねてきたり。そうすると美奈は断れないんです。その日に家族で出かける予定なのに、優美ちゃんの誘いを断れずに、家族の予定をキャンセルしてしまうんです。だからもしかすると、そういうことが保育園でも起きてるんじゃないか、と思いました」

幸枝がやすみをもう一度見た。挑戦的な目つきだった。

「美奈に尋ねたら、お昼休みの縄跳びの話が出てきたんです。最初は優美ちゃんに気兼ねしてるのか、なかなか言おうとしなかったんですけど、何度か尋ねるうちに〝縄跳び、ヤなのに誘われてる〟って言うんです」

滔々（とうとう）と幸枝は語って、ようやく言葉を切った。まるで原稿を読んでいるようだ。やすみが声を抑えて問いかけた。

「縄跳びに無理に参加させられるのが、登園拒否の要因だ、と田端さんはご判断なさったということですね？」

やすみの言葉がいつになく硬かった。

「ええ、美奈がそう言っていますので」

「それで、どういう措置を、園にご要望なさるんですか？」

やはり普段なら使わない言葉ばかりだ、と思いながら、小柳はふと思い当たった。美奈にわかりづらい言葉を選んで使っているのだ、と。

「越野先生の前で、優美ちゃんたち縄跳びグループの六人が、嫌がる美奈を無理矢理に誘ったことを認めて、美奈に謝罪すること。そして今後は二度と誘わないことを誓ってほしいです。美奈は充分に傷ついてるんです。もうずっと泣きっぱなしなんです。私だって仕事が……」

幸枝はそこで絶句した。顔を手で覆っている。泣いているようだ。

「用件は承知しました。その上で二点ほど確認させてください」

「ええ」と幸枝が応じた。顔を手で覆ったままだが、泣いている声ではない。

「昨日、お昼過ぎに田端さんは登園なさいました。その際、園庭で縄跳びグループを叱責した上で謝罪を要求しましたか？」

幸枝が覆っていた手をどけた。やはり泣いていない。大きく目を見開いている。

「……叱責なんて……」

「園の職員が東松屋の裏道を通りかかり、偶然にその場面を目撃しました。田端さんの問いかけを、子供たちは否定したようですが……」

すると幸枝は慌てて遮った。

「いえ！　謝ってくれました」

「謝罪したのは、ゆまちゃんだけですよね？」

また幸枝は絶句している。やすみは黙って返答を待っている。長い沈黙があった。

美奈のすすり泣きの声だけが聞こえてくる。

「……しかし、謝ったのは事実です……」

幸枝の声が自信なげになっているように小柳には思えた。

やすみが感情を抑えた声で静かに語りかける。

「私と、ばら組の河野先生、そして越野先生で、今日、六人に聴取しました。極力彼女たちに負担をかけないように、丁寧に優しく聴取したつもりでしたが、六人は大号泣になってしまいました。特に優美ちゃんは激しくて、過呼吸のような症状が出て、医師に診察していただきました。事情をお話しすると、身体に異常はないが、今日は帰宅が無難、と医師に指示されて、お母様に迎えに来ていただきました」

やすみはそのことを思い出すのか、長く吐息をついた。隣の越野が涙を手で拭っている。

「六人は号泣しながらも、田端さんが、今、導き出した〝理由〟を全員が否定しました」

やすみの言葉に幸枝は鋭い声で応じた。

「でも、子供は嘘をつくものだし……」

「待ってください。子供たちの反応が尋常ではない、と思いませんか？」

するとと幸枝の顔が険しくなった。

「子供たちを、普通じゃないくらいに興奮させてしまった先生たちの問いかけ方にも、問題があるんじゃありませんか？」

やすみはゆっくり首を振った。

「田端さん、まだお答えいただいていないのですが、昨日の昼休みに子供たちを叱責して謝罪を要求したのは事実ですか？」

また幸枝は黙ってしまった。身体を震わせている。やがて口を開いた。

「叱責したつもりはありません。事実関係を確認して、謝罪を求めたのは事実です」

「なぜ、保育士に〝事実関係の確認〟をなさらずに、いきなり子供たちに問いかけて、子供たちがまともに返事もしていないのに、一方的に断罪し、謝罪を要求してしまったんですか？」

抑えきれないのだろう。やすみの声音が鋭くなっている。

「……先生がたの優しい問いかけでは、〝事実〟にたどり着けないって……」

震える声で反論しようとしたが、幸枝は絶句してしまった。

やすみが諭すように告げた。

「あなたは、昨日、優美ちゃんたちに謝罪させることが叶（かな）わなかった。だから、今日、再度、同じ理由で、保育士を使って、彼女たちに謝罪をさせるように働きかけているんですよ。ご自分のなさっていることが、わかっていますか」

幸枝は黙り込んだ。

隣に座っている越野が震える声で口を開いた。

「……美奈ちゃんは縄跳びを嫌がっていないと思います。美奈ちゃんは食事を終えると自分の縄を持って、すぐにばら組に向かいます。それで七人でいろいろ工夫して遊んでます。昼休みだけは美奈ちゃんは楽しそうに笑っています」

越野の訴えは涙が混じっていた。そして付け加えた。

「美奈ちゃん、ごめんね」

だが美奈は泣き続けるばかりで反応はしない。

幸枝も黙り込んだままだ。

やすみが切り出した。

「私たちも美奈ちゃんが登園できない理由を、考えています。日々の様子を注意して見ています。しかし、それには限界があるのが現実です。私たちには見えないところがあるからです」

やすみは暗に〝家庭〟の問題を指摘したのだ。

幸枝の荒い息の音が聞こえてくる。やはり黙ったままだ。

「田端さん、縄跳びグループとの関係が要因ではない、とお考えいただけませんか？」

やすみの問いかけに、幸枝はやはり黙り込んでいる。不快そうに歪んだ顔を隠そうともしない。

やすみが、幸枝をひたと見据えて口を開いた。

「私にも〝縄跳び〟が原因か否かを断定はできません。でも、昨日の田端さんの振る舞いが、六人の女の子たちの心を蹂躙したのは事実です。これは決して許容されることではありません。ご承知おきください」

やすみはしばらく黙って幸枝を見つめている。だが幸枝は視線をそらした。

やすみが続ける。

「そして彼女たち六人の親御さんからは、田端さんからの謝罪を要望する声が上がっています。強要はできませんが、心に留め置いてください」

やすみの強い言葉にも幸枝は反応しない。

だが幸枝はいきなり立ち上がった。

美奈の腕をつかむと、職員室を出て行こうとしている。美奈は黙って従う。

小柳は慌てて身を翻して、廊下をトイレに向かった。だから幸枝がどんな表情をしているのかわからなかった。だが荒い足音がすべてを物語っているようだった。

美奈のすすり上げる声がかすかに聞こえる。それが彼女のできる唯一の心情の表現なのだろう。なんとささやかで哀れなのだ、と小柳はため息をついた。

「俺はちぃとばかり、歯がゆかったけどな」

壁にもたれて足を伸ばして座りながら小柳は、洗濯物を畳むやすみに告げた。

「私だって、一生懸命我慢して、言葉を選んでた。でも言うべきことは言ったつもり。あれ以上言っちゃうと、喧嘩になる」

小柳は笑った。

「〝決して許容されることではありません。ご承知おきください〟だもんな。かっこよかったなあ」

「馬鹿にしてるようにしか聞こえませんけど」

「いや、本気だよ。しかも美奈ちゃんに、はっきりとわからないように難しい言葉を選んでた。あれは驚いた」

「田端さんは、美奈ちゃんを楯にしようとしてるって感じたんだもん。あれはカチンときたなあ」

やすみは洗濯物をタンスにしまうと、小柳の隣に「よっこいしょ」と座った。小柳の肩にやすみが頭をもたせかける。

「ああ、疲れた」

小柳はやすみの柔らかな髪をさすった。

「でも小柳さんの情報が事前になかったら、押し切られちゃったかもしれない。ありがとう」

「いや、あんたなら、大丈夫。押し切られるようなことはないよ」

「そうかな」

やすみはどこか不安げだ。

小柳は思わずつぶやいた。

「明日、どう出るつもりなのか」

小柳の言葉が宙に浮かんだままになった。やすみも答えを見つけられないようだし、小柳も幸枝の言動を予測することが、まったくできなかった。

6

翌朝、小柳はやすみに合わせて七時半に出勤していた。佳子が今日も福祉法人に詰めているため、小柳は朝からやすみのボディガードを頼まれているのだ。やすみは普通の身体ではない。

通常通りなら八時少し前に、幸枝が美奈を預けにくる。県庁には〝部分休業〟という制度があり、朝の一時間を〝休業〟しているということだった。

小柳は見張りもかねて、朝から道路の掃除をしていた。

八時を過ぎていたが、幸枝が美奈を連れて登園する姿はない。

そこに優美が母親の柴田（しばた）あゆみと現れた。

小柳は挨拶をして、様子をうかがう。優美に変化はないように見える。少し暗いが泣いたり、びくびくしている風はない。

あゆみも「おはようございます」といつも通りの挨拶をしてくれる。

連れ立ってばら組に入っていく。

小柳はその様子を見ていた。

担任の河野が、あゆみと話していたが、急に慌てだした。

すぐに河野はあゆみを伴って、職員室へと向かった。

職員室には園長の代わりにやすみが詰めているはずだ。

なにかあった、と小柳はほうきを置いて、職員室に足早に向かった。

「昨日、六時に私が帰ってくるのを待ってたみたいに、田端さんから電話があって〝今からうかがってもいいか〟っていきなりなんです。昨日の今日ですからね、恐いんで、用件はなんですかって聞いたら、優美に謝罪したいって言うんです」

小柳は職員室の前で廊下を雑巾で拭きながら、ドアが開かれたままの職員室から聞こえてくるあゆみの声に耳を傾けていた。

「でも、優美にまたなにか変なこと言われたら嫌だから〝優美は何も悪いことをしてない。私が間違って叱ってしまった。ごめんなさい〟以外のことは決して口にしないって約束してくれるなら、謝罪に来てくださいって言ったんです」

強い女性だ、と小柳はあゆみの言葉を聞きながら思っていた。

「その条件、飲んだんですか？　田端さん」

やすみの問いかけに、あゆみの表情が歪んだ。

「ええ。約束するってはっきり言ってました。でも、美奈ちゃん連れてきたんですよ。普通、その場に美奈ちゃん連れてきます？」

「普通、考えられませんね……」

小柳はやすみが言葉を飲み込んでいるのがわかった。幸枝は美奈をまた〝楯〟にしようとしたのだろう。

「家に来るなり、美奈ちゃん泣いてて、ずっと顔も上げないんです。それだけで私はもう嫌になっちゃってたんですけど、優美に田端さんは〝ごめんね。優美ちゃん悪くないから。でもね、近すぎるのは良くないの。美奈と遊ぶのは平日の保育園の後だけにして。土日はなし〟って言い出したんですよ」

やすみも河野も、そして小柳もあまりのことに絶句していた。

「私、なんだか混乱しちゃって、止めることも、反論することもできなかったんです。ただもう腹が立って。でも美奈ちゃんの前で怒鳴るわけにもいかないし。そしたら、一緒に応対してた夫が〝それは実質的には謝罪になってないんじゃないか〟って田端さんに言ってくれたんです。そしたら田端さん〝あ、いや……〟とか凄く動揺して美奈ちゃんを連れて逃げ出したんです」

やすみがようやく口を開いた。

「優美ちゃんは大丈夫でしたか?」

「ええ、優美はけろっとしてました。意味がわからなかったと思います。〝明日から美奈ちゃんと遊べるんだよね〟って大喜びしてましたから。私は美奈ちゃんのママに近づいてもらいたくないなって思いましたけど、優美のしたいようにさせるつもりです。あのママが恐いってのは優美もわかったと思うし」

「そうですね」とやすみが笑顔で応じている。

「ひどいですよね。〝謝罪〟どころか、謝罪に見せかけて、さらに罪をかぶせようとするなんて。あの人、おかしいんだって思いました。今まで、いろいろとあそことは付き合いあったけど、いろんな場面で〝なんだそれ？〟って思うことあったんです。人を見下してるっていうか、微妙なんだけど〝ママ友〟だからって見ないふりしてたんです。もう付き合いをやめます。そう思ったらせいせいしました」

あゆみは腕時計をチラリと見た。

「ああ、時間だ。長々とすみません。というわけなんで、ある意味、すっきりしましたんで、ご報告でした」

やすみたちに見送られて、あゆみは仕事に向かった。

小柳は道路の清掃に戻った。幸枝に叱責された優美以外の五人も無事に登園している。特段に報告もないようだ。恐らくは幸枝が〝謝罪〟に行ったのは優美の家だけだったのだろう。小柳がまったく予想しなかった事態だ。幸枝の思考回路がまったく理解できず、得体の知れなさに恐怖を感じていた。

九時を少し過ぎた頃だった。

見慣れた車が園の駐車場に入った。

田端家の軽自動車だ。

小柳はほうきを置いて身構えた。

だがなかなか、車から降りてこない。美奈が登園を拒んでいるのか。一昨日(おととい)、昨日と〝楯〟にされて、深く傷ついているはずだ。優美たちばかりか、保育士と顔を合わせるのも嫌がっていることだろう。

どうやってここまで連れてきたのか、と思って小柳は気がふさいだ。

やがて軽自動車のドアが開いた。降り立ったのは幸枝ではない。夫の田端伸一だった。見覚えのあるダークスーツ姿だ。車窓の反射を見てネクタイの位置を気にしている。時間がかかったのは、車内で結んでいたからだろう。

後部席のドアを開けると、そこから美奈が降りてきた。泣いてはいないが、脅えたような顔をしている。きょろきょろとして、視線が定まっていない。

だが田端が手を差し出すと、その手にしがみついた。

田端がすぐに小柳に気づいた。

「おはようございます」

やけに晴々とした顔をしている。アパートで焼酎を呷っていた田端と同一人物とは思えないほどだ。

「おはようございます」

小柳も挨拶を返した。

驚いたことに「おはようございます」と消え入りそうな声ではあったが、美奈が挨拶をしたのだ。幸枝と登園していた時には美奈は挨拶をしなかった。

だが美奈は小柳に目を向けない。

声をかけたくなったが小柳は踏みとどまった。それが傷ついた美奈にどう響くのか、はかり知れなかった。

小柳は田端と視線を交わした。

田端は小さくうなずいて、美奈を連れてゆり組に向かった。

ゆり組で田端は担任の越野に話しかけていた。

しばらくすると、越野がしゃがみこんで、美奈を抱きしめている。越野は泣いているようだ。

そのまま田端は美奈を預けると、園庭を歩いて戻ってきた。

「どうも、ありがとうございました」

小柳の前まで来ると、田端は立ち止まって一礼した。

「どうした？　越野先生、泣かしちゃダメだろ」

田端が照れ笑いを浮かべた。

「いや、今日は保育園を休んでもいいって言ったんですけど、美奈が〝昨日謝れなかったから、越野先生に謝りたい〟って言ったんで、それをお伝えして、美奈が〝ごめんなさい〟って越野先生に謝っただけです」

小柳はゆり組に目を移した。

ゆり組とばら組は、一〇時から水浴びの予定だった。子供たちが水着に着替えている。その中に美奈の姿があった。笑顔はないが、泣いてはいない。

「どうなったんだ？　教えてくれねぇか？」

田端は天を見上げてから深く息をついた。

「昨日、仕事を終えて、妻にラインを入れたんです。既読はついたんですが、返信がなかったので、家に帰りました」

「何時頃だい？」

「九時を過ぎてました」

つまり、幸枝が優美に〝謝罪〟を終えた後だ。幸枝の〝心〟を推測するのは難しかったが、すべてに行き詰まっている状態だったろう。

「そうかい。で？」

「いやあ、拍子抜けするくらいスルーでした。〝帰ってきていいかな〟って尋ねたら〝うん〟とだけ答えて、会話もなく、すぐに妻は眠ってしまいました。私はテレビを見ていた美奈と私の部屋で眠ったんです」

「ん？　寝室は別だった？」

「もう二年になりますね。美奈はあいつと寝てたんですが、あいつが持ち帰った仕事を遅くまでしてると、美奈は私の部屋にやってきて寝たりしてたので……」

小柳は首をひねった。

「お？　美奈ちゃんは喜んだかい、あんたが帰ってきて」

田端も首をかしげた。

「ん？　どうですかね。飛びついてきたりはしませんでした」

「奥さんの前じゃできないだろう」

「そうか。でもたしかに、フトンに一緒に入ってから、ずっとおしゃべりしてました。テレビのアニメの話でした。あんなに自分から一人で話すのは珍しかったな」

小柳は一つうなずいてから口を開いた。

「昨日も奥さんは美奈ちゃんを連れて園にやってきて、先生に告げ口する形で、優美ちゃんたちに謝罪させようとしたんだ。ところが先生に逆ネジ食らって奥さんは逃げ帰ってる。その一部始終を美奈ちゃんは見せられてんだ。越野先生がちょっと発言して、奥さんに反論した。そのことを先生が美奈ちゃんに謝ったんだよ。でも美奈ちゃんは返事もできずにずっと泣いてた。それを美奈ちゃんは気にしてたんだな。健気じゃねぇか。あんたが帰って来て、少し美奈ちゃんの胸の痛みが和らいだんだと思うな」

田端の顔が青ざめている。

「たしかに、夜中に何度も美奈は私の身体があるのを確認するように触ってました。寝ぼけてると思ったんですが、あんなことは今までなかったです」

血の気を失った顔で「……そうか」と田端は独りごちた。

「奥さんはどうしたんだ?」

「今朝、私がタイマーで目覚めたのが六時です。いつもは六時半でしたが、妻と話をしようと思いまして。でも、妻の姿がなかったんです。テーブルに書き置きがありました。〝これから忙しくなるから、保育園の送迎をお願い。部分休業は私からあなたに移すように届けておきます〟とありました。部分休業というのは……」

説明しようとするのを小柳が手で押しとどめた。

「朝、一時間遅れるって認められてんだろ?」

「ええ、二時間まで可能なんで、今日はその予定で来ました」

「つまり、奥さんは保育園から逃げたかった。そこにあんたが帰ってきた。渡りに舟ってトコだ。あんたが来なかったら転園でも考えてたんじゃねぇかな。すっかり踏み荒しちまった保育士や保護者と顔合わせるのが嫌だったんだ。あんたに押しつけて奥さんはトンズラだ。そして美奈ちゃんが代わりに先生に謝ってる。なんて母親だよ」

神妙な顔で田端は頭を下げた。

「すみません。でも、母親が早くに仕事に出かけたこと、これからは保育園の送迎は私がするってことを美奈に説明したら、美奈は明るい顔になりました。それで越野先生に謝るって言いだしたんです」

美奈のいじらしいまでの気持ちが、すんでのところで踏みにじられなかったことを小柳は思って、笑みを浮かべた。

「そりゃ、なによりだ。あんたの肩にかかってる。よろしく頼みます」

小柳は田端に向かって〝用務員〟風の小さくて深いお辞儀をした。

「いってらっしゃい」

田端は笑ってしまう。

「いってきます」

だが、あることを思い出して、小柳は門を出て行こうとする田端を呼び止めた。

「田端さん、一つだけ」

「はい」

小柳は周囲を見回した。庭に出ている子供はいなかった。

それでも声をひそめる。

「奥さんは優美ちゃんが、休日の朝早くに押しかけて、美奈ちゃんを誘うことがあるって言ってた。そんなことがあったかい？」

即座に田端は首を振った。

「そんなことは一度もありません。あそこのママはしっかりした人で、一人で優美ちゃんを外出させることも決してしません」

「そうかい」

たしかにしっかりした人だった。

「昨日、奥さんは優美ちゃんに謝罪するって、優美ちゃんのお宅に押しかけてる」

「え？」

「フタを開けてみりゃ、謝罪とは言えないようなものだ。ごめんねって優美ちゃんには言ったそうだが、美奈とは土日には遊ばないでって釘を刺したらしい」

田端の顔が険しくなる。

「クソッ。なんで……」と田端は絶句している。

「その場に立ち会った優美ちゃんのパパが〝それは謝罪じゃない〟って指摘したそうだ。そしたら、奥さんは逃げ帰った。いいかい？　その場に奥さんは美奈ちゃんを連れてってるんだ」

田端が顔を上げた。驚きで口を開いたままだ。

「奥さんは復讐を計画するタイプか？」

田端は口を開けたまま、小柳の顔を見つめている。放心しているようだ。

「あの女は、優美ちゃんの家の人に、なにか復讐しようとしたりするかい？」

小柳に再度問いかけられて、ようやく田端は口を閉じて、首を何度も振った。

「法に引っかかるようなことは決してしないと思います。赤信号を渡るようなことですら絶対にしません……」

田端は絶句して、しばらく天を仰いでから力ない声で続けた。

「でも、私はもうわからなくなりました。あいつがなにをしでかすのか……」

もうこの夫婦が元に戻ることはないだろう。夫婦に〝元の形〟が本当にあったとしてだが……。

「奥さんがやっちまったことは、あんたの責任じゃねぇよ。奥さんの責任だ。あんたに奥さんから相談があったわけでもねぇだろ？」

「たしかに、でも……」

小柳が手を上げて制した。

「そんなのは、奥さんがかぶればいい。あんたが謝ってまわる必要なんかさらさらねぇぞ。ただあんたは、奥さんから美奈ちゃんを守ってくれ。あんたが身体を張って守ってやってくれ」

「身体を張る……ですか」

田端が脅えたような声になっている。

小柳はニッと笑った。

「暴力って意味じゃねぇよ。暴力だけじゃヤクザもやっていけねぇんだ。今回のような危機があったら、あんたが身体を張って、問答無用で美奈ちゃんを連れだしちまうんだ。仕事や世間体なんてものも、放っておいてな。ためらうな。その決断は早ければ早いほどいい。少々間違っても押し通せ」

子供を妻に無断で連れだせば、妻が保護願いを警察に出したりするかもしれない、と小柳は思ったが、それを告げようとは思わなかった。

きっとためらうことなく実行してくれるだろう、と田端の目を小柳は見つめた。やはりそこには、それまでにない力があった。

「やっぱり、それって応援のウィンクなんですね」と田端がようやく笑った。

いつのまにかまたウィンクしていたようだ。

「ああ、そうだよ。がんばりな」

「ありがとうございました」

一礼して、田端は門を出て行く。

会釈すると、小柳は振り向いて、ゆり、ばら組に目を向けた。

子供たちが水着姿で園庭に出てきた。大きなビニールプールが三つあり、それぞれに子供たちが飛び込んでいる。

保育士たちがホースで子供たちに水を浴びせている。

大はしゃぎの子供たちの中で、美奈だけが、少し離れた場所に水色の水着姿でしゃがみこんでいた。

泣いてはいないが、表情は暗い。

するとそこに縄跳びグループのゆまが近づいて、美奈の横にしゃがんだ。だが声をかけているわけではない。ただ隣に座っているだけだ。ゆまは幸枝に叱責されて泣きながら謝った子だ。

縄跳びグループの他の子たちも、ゆまに続いて美奈の周りに集まってきた。

元々大人しい子たちで、水遊びにはしゃいで暴れる男の子たちが苦手なのだ。

やがて水浴びで、はしゃいでいた優美もそこに加わった。

優美が入ると、グループに笑顔が広がった。美奈は硬い表情のままだったが、優美が声をかけている。

美奈が恥ずかしそうに小さく笑った。

さらに優美とゆまが、美奈になにか話しかけて笑った。すると美奈が弾けたような笑みを見せた。

水遊びをさせている越野と河野も、その様子を見ている。

越野と河野が小柳に視線を向けてきた。そしてほぼ同時に会釈してくる。

その意味をはかりかねたが、小柳は会釈を返した。

やすみが保育士たちに、小柳の〝裏面工作〟を知らせたのではないか、と職員室に目を向けた。すると職員室の前の廊下にやすみの姿があった。美奈たちを見守っていたようだ。

小柳の視線に気づくと、やすみはにっこりと美しい笑みを向けてきた。

小柳は照れくさくて、会釈すると、掃除に戻った。


その日の午後、小柳が前の道路の掃除をしていると、自転車に乗った高遠がやってきた。相変わらずのジャージにスワローズのキャップ姿だ。

大きく足を開いて漕いでくる。

自転車から降りずに頭を下げる。

「ちわっす。遅れてサ～セン」

「よお、聞きそびれてたけどよ。ゲレンデヴァーゲンとアウディってどうしたんだよ？」

小柳が仕掛けた社会福祉法人の乗っ取りの際、違法な運営をしていた理事長とその妻である副理事長が、法人名義にして違法に私物化していた高級車の情報を高遠に告げたのは小柳だった。〝押し買い〟で高遠は、高級車を二台、タダ同然の金額で手に入れていたのだ。

高遠が顔をしかめた。

「ゲレンデは高く値がついたんで売っちゃいましたが、アウディＴＴは気に入ってたんで隠してたんです。息子が乗ってみたいってせがむんで、ドライブに出たところをオヤジにみっかって、召し上げられちゃいました。〃そんだけ儲かってるんじゃ、上納金も考え直さなきゃなんねぇな〃って脅されまして」

高遠が苦笑いしている。

「伯父貴、タダで盗ったのか？　汚ぇなあ。もっとデカイ人だったと思ってたけどな」

「最近、ぱっとしねぇんすよ。あっちが痛ぇ、こっちが痛ぇって言って義理ごとにも顔出さないんで。祝儀も顔も全部俺が出してて」

小柳は伯父貴に預けている〃ある少女〃の悲しげな横顔が浮かんで、心配になったが、あえて触れなかった。

「伯父貴も年なんかな？　おめぇが跡目を継ぐ潮時なんじゃねぇか？」

「でけぇ声出さねぇでくださいよ、兄貴」

高遠は周囲を見回して、声を落とした。

「兄貴って言うな」

小柳がたしなめたのを、高遠は聞いていないようだった。

「いやあ、役員連中からも尻叩かれてんですけどね。本当に尻叩いてんだか、尻尾引っ張ってんだか、わからないようなヤツらばっかりで」

ごぼう抜きで組のナンバー2の若頭になった高遠はまだ若い。風当たりも強いのだろう。

「ま、組長になったら〃オヤジ〃って呼ばせていただきますよ」

小柳の軽口に高遠が弱り切った顔をした。

「兄貴〜、やめてくださいよ」

「高遠さんこそ、カタギの人間を〝兄貴〟なんて呼ばないでくださいよ〜」

「も〜やめてください。死にそうっす」

高遠は顔を覆って身悶えしている。本気で恥ずかしがっているようだ。

「え〜と、なんだっけ？」と小柳が問いかけた。

「ああ、そうか。アレっすよ。女房の方の身上調査。田端……幸枝の」

高遠がジャージのポケットから資料を取り出した。小柳は身上調査の依頼をしたのさえ忘れていた。詳細な資料だ。ざっと目を通す。

「エリート中のエリートらしいです。入った時の試験の点数がダントツで高くて、それ以来、財政課と人事課ってエリート部署を行ったり来たりで、中央省庁にも出向したりで、異例の出世して、同期トップで主査になってるそうです。女で子持ちでは、なおさら異例だそうで、内通者も驚いてました。子供ができるまでは徹夜なんかも平気でしてて、子供ができてからも、家に持ち帰ってガンガン仕事……」

小柳が資料から目を上げた。そして高遠を手で制した。

「認めてもらえるところが、あるってことだな」

「どういうことですか？」

「この女、全方向で、てめぇ勝手な〝完璧〟を求めて、全方向で失敗しかけてた。できねぇことは、誰かに任せて、できることをして、認められる。そんな居場所があれば、この女も救われるのかもしんねぇな」

恐らく幸枝は、仕事にますますのめり込んでいくことだろう。そして夫の田端伸一が美奈の世話や家事をするようになる。それも一つの形だ。

「なにやらかしたんです？　この女」

小柳は頭をひねった。小柳の頭に一番に浮かんだのは美奈の泣き顔だった。

「娘を押しつぶそうとしてたってトコだな……そのついでに夫や、他の子供や家族まで巻き込んで、一緒につぶしかけてた」

「なんか恐ろしい女っすね」と高遠は資料の写真をのぞき込んで付け加えた。

「美人なのに」

小柳も写真に目を落とした。澄ました微笑で写真に収まっている幸枝の顔からは、あの破壊力は微塵（みじん）も感じられない。

「ブルドーザーみてぇな女だった」

すると高遠が笑った。

「〝ブルドーザー美人〟っていいっすねぇ。ムラッときます」

「このド変態が」

二人は顔を見合わせて「ガハハ」と笑った。

高遠が去る後ろ姿を見送って、小柳はゆり、ばら組に目をやった。

カーテンが閉まっていて、中の様子はうかがいしれない。お昼寝の時間なのだ。

美奈たちは穏やかに寝入っているだろうか。昼休みに縄跳びはしていなかったが、美奈を含めた七人は、いつもの場所でしゃがみこんでおしゃべりをしていた。

楽しげだった。美奈も口元に手をやって声をたてて笑っていた。そこに陰りを感じることはなかった。良い夢を見てくれ、と小柳は祈るような気持ちになった。

そう念じながらも、小柳は美奈に感情移入している自分を持て余していた。

美奈に感情移入している理由ははっきりとわかっている。〝かわいそう〟なのだ。〝暴力〟と〝言葉〟という違いこそあれ、小柳も幼い頃から実父と義父に虐げられてきた。同情していた。なんとかして救ってやりたいと思った。だが、それは〝愛〟というようなものではない気がした。

やすみを愛しているか、と自分に問うてみる。

やすみのために身を犠牲にすることを厭わない。これは愛だろう、と小柳は思うことができた。

だが……小柳は園の前の道路で立ち尽くしたまま、動けなくなった。

やはりやすみのお腹の子供になんの感慨も湧かないのだ。

この空虚な心のままで、子供に接することができるのだろうか。

もちろん美奈ちゃんのママとは違う、と小柳は思った。

保育園で時折耳にして、覚えてしまった言葉が蘇る。

ネグレクト……子供に関心を持たない親による育児放棄のことだ。〝持たない〟のではなく、〝持てない〟のか……。

小柳は首を振って、門に向かった。

出産予定日まで一月か……。

小柳は思いを振り切るように、園庭を早足で歩いて行った。

ユメコーン保育園で勤務を終えて、横浜から東海道線に乗り込んだのはラッシュの前だった。五時台なら気分が悪くなるような混み具合ではない。平塚の駅に降り立ったのが六時前だ。

南口を出て、海へと続く広い道を歩いていると、後ろから声をかけられた。

「小柳さん」

振り返ると島崎春恵だった。告げ口ババアだ、と小柳は心の中で思ったが、笑顔で挨拶をした。

「島崎さん、おかえりなさい」

するると春恵が、少し考える顔になって腕時計を見た。

「ちょっとだけ、お時間いいですか？　私もお迎えあるから、本当に少し」

「ええ、かまいません」と応じながらも小柳は嫌な予感がしていた。

春恵は、小柳を連れて、大きな総合病院のロビーまでやってきた。

保育園からは少し離れた場所にある大きな病院だった。春恵の選択を小柳は理解できなかった。途中に喫茶店や公園などもあった。

外来は終わっているようで、ロビーの長椅子に人の姿はほとんどない。

春恵は自動販売機から紙コップを二つ手にして、長椅子にかけている小柳の前にやってきた。

「すみません」と小柳はコップを受け取る。

「ううん。ただの水。ホントにあの自販機だと、水はタダだから」

見るとたしかに水だった。だが冷えていて暑い中を歩いてきた喉に気持ちがいい。

春恵が少し離れて隣にかけた。

ようやく小柳は気づいたのだが、春恵は小柳と二人きりになるのを避けているように見えた。いや、二人きりでいるところを知り合いに見られるのを嫌がっている。夫以外の男と二人でいる姿を見られたくないのだ。春恵なら噂のネタにするのだろう。

春恵の小さな顔を小柳が見やると、春恵は語り始めた。

「浮気してた美奈ちゃんパパ、戻られたのご存じですよね？」

「ええ、送り迎えはご主人になりましたね」

また春恵の顔に楽しげな笑みがあった。

「なんで帰ってきたのかって気になりません？」

春恵がどんな話を仕込んでいるのか、考えを巡らせながら小柳はうなずいた。

「いきなり夜に家にやってきて、〝帰ってきていいかな〟って言い出したんですって。美奈ちゃんママは優しいから受け入れたみたい。私なら追い出しちゃうけど」

楽しげに笑う春恵の目を見ながら「そうですか」と小柳はつぶやいた。田端のセリフまで一致しているから、恐らくは幸枝に会って聞いた話なのだろう。

「なんかね。同棲(どうせい)してた若い女に追い出されちゃったんですって。行き場がなくて、戻ってきたみたい。ひどいでしょ～？」

「ええ」

「罪滅ぼしのつもりなんでしょうね。美奈ちゃんの世話とか、家のことも積極的にするようになったそうなの。なんか姑息(こそく)な感じ」

小柳は返事をしなかった。

「でも、それまでパパは、なんにもしてこなかったから……っていうか、〝ザ・九州男児〟だから、あのパパ。男の面子がつぶれるとか思って、イライラしてそうだけど。ストレス溜まるみたいで、ママを怒鳴りつけたりしてるんですって……」

小柳は大きくため息をついた。うんざりした気持ちが顔に出ているようで、小柳の表情をチラリと見ると、春恵はさらに畳みかけるように言葉を重ねる。

「言葉だけじゃなくて、時々、暴力もあるみたい……」

小柳がもう一度ため息をつく。

それで春恵はようやく口を閉じた。

「その話を、どこでお聞きになったんですか？」

春恵は動揺しているが、すぐに取り繕った。

「美奈ちゃんママですよ。それだけじゃなくて、色々聞いたりしたから……」

つまり〝色々〟は尾ひれだ。以前に小柳がＤＶを止めたという話を〝きよちゃんママ〟が話していたのを思い出したのだろう。ＤＶなら小柳は動くと踏んだのか。

「いいすか？」と小柳が遮って続けた。

「私は美奈ちゃんのパパに話を聞きました。若い女と同棲なんかしてなかった」

すると春恵が慌てだした。

「それは、そう言うでしょう。浮気して若い女と暮らしてるなんて言えないもん」

小柳はゆっくりかぶりを振った。

「あんなにうらぶれちまってる男に、浮気なんかできやしませんよ」

小柳の言葉を春恵が鼻で笑った。

「なんですか、それ？　それって小柳さんの想像でしょ？」

小柳は嘲るような春恵の口元を見ながら、口を開いた。

「島崎さんに言われて、すぐに事実確認のために、美奈ちゃんパパが暮らしているアパートを探しだして、訪れました」

春恵の顔から笑みが消えた。一瞬で顔色が青ざめている。

「暮らしてたのは汚ぇ戸塚のアパートでした。女の影も形もないようなゴミだらけの部屋で。そこで聞いた話は、今のお話とはかなり違ってました」

小柳がじろりと春恵を見やった。春恵は脅えた顔をしたが、急に腕時計に目をやった。

「あ、こんな時間」と立ち上がると、病院の出入り口に小走りで向かった。

だが外に出ると、春恵は振り向いて小柳と目を合わせずに、頭を下げた。

その顔はひどく引きつっている。

なりふり構わずに逃げ出しながらも、わざわざ立ち止まって挨拶をする春恵に〝古いタイプ〟とやすみが評していたのを思い出していた。

小柳は走って消えていく春恵の後ろ姿を見送りながら、どこかでほっとしていた。

〝ホラ岡〟と呼ばれていたチンピラの逸話を思い出してしまったのだ。

ホラ岡はアチコチでホラを吹いて回って人間関係にヒビを入れては、それをシノギにしていた男だった。そんなシノギが長続きするわけもなく、やがてホラ岡は相模湾（さがみわん）に浮かんだ。

その話が喉まで出かかっていた。さらにホラ岡の遺体から〝舌が抜かれていた〟という〝尾ひれ〟をつけてやろうとまで思っていた。

だが……。

元ヤクザの用務員に脅された、と春恵が警察に駆け込みでもしたら、恐喝で再び刑務所に舞い戻ることになるだろう。

やすみの泣き顔が浮かんだ。

座ったままの小柳は、がくりと頭を落としながら、深くため息をついた。

漆黒

1

八月に入って夏は盛りだ。酷暑というほどではなかったが、連日三〇度を超えている。まもなく産休に入る予定のやすみは、生まれてくる女の子のために肌着や哺乳瓶（ほにゅうびん）の洗浄器などなど、休日のたびになにか思いつくらしく、買い出しに出かけていた。赤い軽自動車を運転して大型の乳幼児専門店まで連れて行くのは、小柳の役目だ。

〝現役〟時代には、大型の高級車ばかりを乗り継いできた小柳だった。だから赤くて小さい軽自動車を運転することにひどく抵抗があった。

チノパンにポロシャツ、そしてスニーカーというヤクザにはあり得ない〝ダサい〟服装には、まだいくらか違和感があるものの、抵抗はなくなっていた。

だが軽自動車だけはどうしても慣れることができず、かつての知り合いに出くわすことを恐れて、いつもキャップとメガネで〃変装〃していた。

だがやすみのお腹が大きくなるにつれて、義母の佳子が「大きいのを買おうか。もう一〇年選手だし」と言い出しているのだ。小柳にはとてもではないが、車を買う資力がなかった。佳子に期待するしかない。買いかえるとなれば、と小柳はいくつかの候補を心の中で定めていた。

その晩、小柳が作った和風ハンバーグと冷や奴の夕食を終えると、やすみが「あ」と腹を押さえた。

「動いてるの？」と佳子が身を乗り出してやすみの腹を見ている。

「うん」とやすみが嬉しそうに笑う。

小柳は固まってしまった。先日も「蹴ってる」とやすみが言いだして、やすみの腹を見せてもらった。やすみの大きく張りつめた腹の皮膚の下を、なにかが押し上げて移動していくさまが見えた。胎児が動いているのだ。

頭ではわかってはいたが、小柳は震え上がった。それはかつてテレビで見たＳＦ映画のワンシーンを思い出させたのだ。皮膚の下に潜む地球外生物が腹を食い破って飛び出てくる……。

小柳の脅えをよそに、お茶を飲みながら、娘の様子を笑顔で見ていた佳子が誰にともなく口を開いた。

「今日、豊嶋（としま）先生と休憩で一緒になってね」

豊嶋はわんわん保育園の若き男性保育士だ。

「彼、車が好きなんだって。最近の若い男の子って運転免許も持ってなかったりするから〝珍しい〟って言ったら、カーレースに出られるライセンスも持ってるんだって」

意外だった。線が細く柔和な豊嶋の顔だちからは、カーレーサーの姿が想像できない。

「車、詳しいから色々聞いてたら、やっぱり軽自動車は事故が起きた時に、危ないって言うのよね。特に後ろから追突された時が危ないんだって。軽は小さいからスペースがあんまりないじゃない。普通車には後ろにトランクがあるもんねぇ。あれは事故の時に緩衝する意味もあるんだそうよ」

やすみが首をひねって庭の軽自動車を見ている。

「たしかに、後ろのスペース、小さいもんね」

やすみは、後部席に乗車することが多かった。

小柳はこの機会を逃さなかった。

「後ろにトランクがあるってことは、セダンですね？」

「うん？　セダンってそういうものなの？」

佳子は車にあまり興味がない。

「ええ、たっぷりとスペースをとってるタイプだと、マツダなら……」

小柳が身を乗り出しかけたが、佳子が笑顔で小さくかぶりを振った。

「豊嶋先生が、たまにしか乗らないなら買う必要ないって。駅前の駐車場に時間貸しのレンタカーがあるんだって。一〇分単位で借りられるのよ……」

小柳がすかさず反論した。

「いや、レンタカーは、車が出払ってたり……」

「駅前だけじゃなくて、そこら中の駐車場にあるのよ。うちのそばにもあるんだって。ネットで調べてくれた。友達が会員なんだそうだけど、年末年始なんかでも、借りられなかったことないって言ってたなあ」

それでも小柳は食い下がった。

「あ、でも、深夜にやすみさんが具合悪くなったりしたら……」

「二四時間、ネットで車を手配できるそうよ。カードで開錠して、中にエンジンキーがあるんだって」

小柳もその会社のことは知っていた。駅前駐車場に何台か同じ車種が停まっていて、レンタカー会社の看板があった。軽自動車ではないが、いずれもかわいらしい小型車で、色がメタリックの黄緑で……。見事にダサかった。

佳子は立ち上がると「〝もう車は所有する時代じゃないのかもしれません〟って豊嶋先生、言ってたなあ」と言いながら茶碗を流しに運んで行った。

小柳がそっとため息をつくのを見て、やすみが楽しそうに笑っていた。

佳子から横浜のユメコーン保育園に週二日勤務することを命じられたのは今年の三月だった。

小柳の頭に真っ先に浮かんだのが東海道線の上り電車の混雑だった。満員電車に揺られている自分の姿を想像しただけで、怖気を震った。

車での通勤を佳子に懇願しようとさえ思い詰めていた。たとえ真っ赤な軽自動車でも、満員電車でサラリーマンたちに揉まれながら通勤するより何百倍もいい、とさえ思った。

だがユメコーン保育園は横浜駅に一番近い保育園だった。マンションの一階部分にある保育園なのだ。駐車スペースはない。横浜駅周辺の駐車場の料金はべらぼうに高い。月極めで探したところ、二万円の物件を見つけたが、園まで歩いて三〇分もかかる。一番近い駐車場は歩いて五分だったが四万五千円の賃料だ。給料の三分の一近く。平塚ならそこそこの住居に住める賃料だ。

断念して、早朝に出勤したらどうか、と考えたが、五時台の電車でもかなりの乗車率であることを知った。困っていると、やすみに知恵を授けられたのが、初出勤の前日だった。

「八時一分の上り電車は平塚駅が始発なの。だから一〇分前に並んでるとほぼ座れる」

小柳はそれに飛びついた。なるほど座れはした。だが、人で満員の電車は窮屈で居心地が悪く、数日は気分がすぐれなかった。

それから四カ月ほど経ったが、いまだに居心地が悪い。座っているものの、次第に不機嫌になって、イライラして嫌な汗がにじんでくる。その気持ちは抑えようがなかった。だが他に手段はない。我慢するしかなかった。

「やっぱり、まだ、電車通勤、辛い？」とやすみに尋ねられた。

小柳は〝お勉強〟を終えていたし、やすみも洗濯物の片づけを終えて、二人で壁を背にして並んで座っていた。

「ああ、気持ちのいいもんじゃねぇな」

日曜日になると嫌な気分になるのだ。明日は電車だ、と気分が重い。小柳の口数が少なくなっていることに、やすみが気づいて心配してくれたようだ。

「電車の中で、じっと大人しくしてるのが嫌なのかなあ」

やすみの意外な言葉で、小柳ははたと気づいた。〝現役〟時代は目立つこと、〝ヤクザここにあり〟とアピールすることを無意識のうちにしていた。〝ヤクザとしてのアイコンを体中にまとい、その場の空気を支配しようとしていた。〝支配〟が行き届かねば負けだ、とさえ思っていた。

満員電車は、自分が〝普通の人〟なのだ、と認識させられる場所なのだ。その中で〝大人しく〟していることが小柳の居心地の悪さの正体だった。

小柳がそう告白するのを聞いていたやすみが、笑いながら告げた。

「ワン・オブ・ゼムね」

「ん？」

「大勢の中の一人ってこと。特別な人なんていない」

小柳は釈然としない顔をしていた。

「小柳さんには、つまらないかもしれないけど。私は好きだな。みんなの中の一人の自分って、ちょっと嬉しい。区別もない。差別もない」

やすみの冴（さ）えた横顔に、影が差したのを小柳は見逃さなかった。

「イジメられたことがあったかい？」

やすみはうなずいた。

「うん。そう。色々あった」

「イジメか」と小柳はすでに腹を立てていた。

「悪意のある人は少なかったと思う。そういうんじゃないの。いきなりズズっとやってきて私の顔をのぞき込んで〝どっから来たの？〟って尋ねる人とか。悪意はないんだろうけど、そういうのが恐（こわ）かった。小柳さんと同じじゃないけど、電車に乗ったりするのが恐くなった。今でも恐いけど」

「なんて答えるんだ？」

「〝日本人です〟って答えたりすると、〝その顔は違うだろ〟みたいなことになっちゃうから〝ミャンマーです。かつてビルマと言われていた国です〟って〝流暢〟な日本語で言うと〝日本語うまいな〟くらいで終わってくれる。この対応で大体、穏便にすむようになったけど。隠してた悪意をいきなりむき出しにする人もいる」

「なにを言いやがんだ？」

「〝日本にたかるんじゃないよ〟とかね。最近は新手が出てきた。〝その腹の子は日本人が父親か？〟ってのが二度あった。両方とも〝そうです〟って言ったら何も言われなかった。〝ガイジンが父親〟だったら嫌味言ったりするんだろうなって思う」

やすみの顔に見たこともないような陰りがあって、小柳は心配すると同時に腹が立っていた。

「無視しちゃえよ」

「そんなことすると、面倒。〝日本語も習わないで来たのか〟とか怒鳴りつけられたり、いきなり肩をぶつけてきたりとか。危ないの」

小柳の顔に怒りが湧いたのを見て取ったのだろう。やすみが微笑んだ。

「私に絡んでくる人に〝ほっといてあげなさい〟って言ってくれたり、絡んでる人と私の間に入って〝久しぶり。元気だった？〟って知らない人なのに、私に声かけてくれた人たちがいた。そういう人たちも、みんな〝普通の人〟」

「そうかい」

「みんなの中の〝普通の一人〟って自分を小さく感じちゃうかもしれないけど、違う。そう思うのって意志の力みたいなものだと思う。何かに寄り掛からないで、自立してるんだと思う。人との差異を探ってみても疲れるばっかり。自分を自分だって引き受けることだと思う。そういう人は強いし、優しい」

小柳の表情がようやくゆるんだ。

「虚勢を張ってるんだな。だから疲れる。そうだ。俺(おれ)は特別な人間じゃねぇ。〝普通の一人〟にならなきゃな、意志の力で」

小柳が少し寂しげに笑った。

するとやすみがにこりと小柳に笑いかける。

「〝普通〟に〝埋もれる〟んじゃない。〝逃げる〟んでもないの。〝普通〟に〝隠れる〟。隠れて牙(きば)を研ぐ」

小柳は珍しく声を立てて笑った。

「それで〝決して許容されることではありません。ご承知おきください〟なんて言って保護者に嚙(か)みつくんだな」

やすみは堪(こら)えきれずに、大きなお腹を抱きながら、顔を真っ赤にして笑った。

小柳も噴き出してしまった。

2

火曜日は朝から気温が高かった。横浜駅を降りて、駅から歩く人々も暑い陽差(ひざ)しに顔をしかめている。

小柳もチノパンにポロシャツの姿でユメコーン保育園に向かって歩きだした。

やすみと話したことで、いくらか自分を客観視できたせいか。電車の中でイライラすることはあまりなかった。だが、やはり満員電車から解放されると、気分が良くなるのを感じる。

ユメコーン保育園での仕事の段取りを考えはじめた。

朝一番で洗濯機を回して、その間に植え込みの手入れを……。

前に保護者と子供とおぼしき姿があった。

女性が男の子の手をつないでいる。三歳児組の健太(けんた)だ。だが健太を連れているのは母親ではない。祖母か、と思っていると、視線に気づいたかのように、連れている女性が振り返った。

園長の福田だった。小柳の顔をみとめて、顔がこわばっている。身体(からだ)を縮ませるようにして固まってしまった。

〝現役〟時代の小柳がよく見かけた姿だ。街中で若い素人連中が喧嘩をしているのを見つけると、小柳は必ず仲裁に入った。そして喧嘩の当事者を事務所に連れて行く。ほとんど金にはならないが、若衆に〝仕事〟を覚えさせるためだ。そして時折〝大物〟が釣れることがあった。喧嘩の仲裁料を社会的地位の高い〝大物〟からがっぽりふんだくる。定期的に。

喧嘩で興奮している若造たちが、小柳の丸出しのヤクザ姿を見た瞬間の脅えた姿。

それは今、目の前にいる園長の福田にそっくりな姿だった。脅えて凍りついているのだ。

だが小柳の氏素性をとうに知っている福田が、いまさら脅えるとも思えない。

小柳は不思議に思いつつ、福田に挨拶をしながら近づいた。

「福田先生、おはようございます」

だが福田は凍りついたままだ。隣に立っている健太が不思議そうに福田の顔を見つめている。

「どうかしましたか？」

さすがに小柳も心配になって福田の顔をのぞき込んだ。

「ああ、ごめんなさい。ち、ちょっとびっくりしてしまって……」

福田が小さく震えているのがわかった。小柳の顔色が変わる。

「どうなさいました？　お加減悪いんすか？」

福田は「いえ、違うんです」と顔の前で手をひらひらと振った。そして、申し訳なさそうな顔を小柳にしてみせる。健太にわからないように、福田はチラリと健太に目をやった。

小柳は察した。

「じゃ、お先です」と小柳は小走りになって、園に向かった。

洗濯物を干しながら、福田と健太のことが気になっていた。いつもなら福田は八時前には必ず、出勤している。だが、今日は遅かった。健太の家を小柳は知らなかったが、いつも母親が送迎していて、電車で横浜駅まで健太と一緒に来て、園に預けてから歩いて職場に向かっていた。父親が送迎している姿は見かけたことがない。

健太は具合が悪そうには見えなかった。少し元気がないようだが、気をつけて観察しなければ気づかない程度だ。

なぜ福田が伴って登園しているのか。

いくら考えても小柳にはわからなかった。

そこに福田がやってきた。

「小柳さん、さきほどは、ごめんなさい」

身体の前に手を揃えて、ゆっくりと頭を下げるその姿は、まさに高級旅館の女将のようだった。だが服装は着物姿ではなく、ジャージにポロシャツ。そしてエプロン姿だったが。

「いえいえ、どうなさったんだろうって心配しておりました」

「ごめんなさい。ありがとうございます」

そう言って、また、しとやかに辞儀をする。

「どうしました？」

福田は頬に片手を当てて「う～ん」と考え込んでしまった。

小柳は黙って待った。

福田が顔を上げた。まだ困った顔だ。

「その～、笠松さん、健太くんのママが、日曜日に緊急入院になってしまったんです」

健太の母親は、若い。明らかに二〇代で、子供がいるようには見えなかった。

「緊急入院ですか。なんの病気です？」

「ええ、パパからうかがったんです。ちょっと私は聞いたことがなかったんですけど、血液の病気で難病に指定されてるそうで、長期入院になるらしくて、完治が難しいらしいんです。感染症対策で面会も謝絶で」

福田は話しながら苦しそうな顔になった。

「昨日の朝七時頃にパパが健太くんを連れてきて、事情を話して、預けていかれたんです。

ちょっとお迎えが遅くなるかもしれないっておっしゃってたんですけどね。延長の時間を過ぎても、いらっしゃらなくて。お電話しても不通で。代理お迎えのご登録もなくて、おじいさまやおばあさまは、遠方で……」

朝七時に預けられるのは申請をしている子供だけだった。だが緊急事態ということで、福田が容認したのだろう。

「どうなさったんです？」

「八時を過ぎても連絡がつかなくて、担当の先生は帰っていただいて、私が健太くんとお待ちしてたんですけど、九時を過ぎても一〇時になっても……」

また福田は困ったような顔で「ふぅ」とため息をついた。

「たしか、そういう時は、児童養護施設に泊まらせたりって……」

福田が「ええ」とうなずいて、また吐息をつく。困りきっている様子で、小柳は気の毒になってしまった。

「〝ママは入院しちゃった〟って健太くんは何度も私に話すんです。まるで私に言い訳してるみたいに。パパは帰りがいつも遅いそうで、〝夜は、会ってない〟って健太くんが言ってました。凄く不安そうで、一〇時になっても、眠そうな顔もしないんです。気が張ってるみたいで……」

福田は黙り込んだ。

「つまり、園長先生が健太くんを預かって泊まらせたってことですか」

「ええ」と福田は顔を伏せてしまった。

福田の家は反町(たんまち)にある。横浜駅まで東横線で一駅の近さだ。福田は電車を使わずに徒歩通勤していた。

「いけないことです。私が独断で勝手なことをしたんです。小柳さんのお姿を今朝拝見して、すぐに佳子先生のことを思ってしまって、申し訳なくて身がすくんでしまいました。失礼しました」

また福田は頭を下げた。

「いえ、そんな。施設に入れたりしたら、ママに会えない健太くんが不安定になるのは目に見えてます。ありがとうございます」

「いえ、そんな、固く禁じられていることです」

まだ恐縮する福田に、小柳は問いかけた。

「それで、パパに連絡はついたんですか？」

「いえ。会社にも電話してしまいましたが〝そういう社員はいない〟って切られてしまいました」

「いない？　なんの会社です？」

「流通業って書いてありました」

「なんて会社です？」

「ホワイトロジスティックスという会社です。オフィスは横浜でしたが、物流倉庫が藤沢市の辻堂の方にあるそうで、そこにパパはいらっしゃるってお聞きしたんですが、そちらにお電話してもやっぱり〝いない〟って」

会社の名に聞き覚えはなかった。小柳は首をひねる。まるで拉致でもされたかのようだ。

「警察に失踪届けを出すってのは……」

福田は「う〜ん」とこれまた頰に手を当てて考え込んでしまった。

「早まっちゃいけませんでした。昨日の今日ですからね」と小柳が察する。

「ええ、ありがとうございます。警察に届けを出すと、健太くんは恐らく児童養護施設に預けられてしまうので……。もうちょっと様子を見させてください」

「承知しました。なにか困ったことがあったら、相談してください」

そう言い置いて、小柳は園の前の掃除のために、外に出ようとした。

「小柳さん。佳子先生には、私から、説明しておきますので、お気づかいなきようお願いします」

「わかりました。先生、今夜も健太くんのパパから連絡がなかったら、また泊めていただけるんですか？」

「佳子先生に相談してからですが、そうしたいと思っています。いけないことなんですけど」

「ありがとうございます」

一礼すると小柳は外に出た。

〈仕事中は携帯禁止じゃなかったでしたっけ？〉

いきなり電話の向こうで高遠がからかう。

「うるせぇ。時間がねぇんだ。用件だけ伝えるぞ」

〈はい。失礼しやした〉

「ホワイトロジスティックスって会社を調べてくれ。横浜にオフィスがあって、物流倉庫が辻堂にあるらしい……」

〈うん？　ホワイトロジスティックス？〉

「なんだよ。知ってんのか？」

〈ええ、亀井がはじめた会社っすよ〉

小柳はスマホを耳から離して、しばし呆然（ぼうぜん）としていた。

亀井が手広く商売をして、稼いでいると久住が言っていたのを思い出した。

小柳はスマホを耳に当てた。

「タツ、その会社のこと、すぐに調べてくれ」

〈おいっす。失礼しやす〉

小柳は猛る気持ちを鎮めようと、静かに目を閉じた。

あの日の少女のいたいけな姿が思い起こされた。

その少女を紹介されたのは、小柳が刑務所に収監される一年前だった。

＊

その少女は、派手なピンクのドレスに金ラメのヒールを身につけて、小柳の前に立った。不自然なほどに濃いメイクを施されているものの、年齢を誤魔化しようがなかった。小柳は一六歳くらいだろう、と思った。

少女はクラブのママに促されて、無言のまま小柳に頭を下げた。

「〝よろしくお願いします〟くらい言うの」

小柳の当時の同棲相手であったクラブのママの純子に叱られて、少女は「よろしくお願いします」と小声で告げて頭を下げた。

「おう」と小柳が答える。

「じゃ、向こうのテーブルについて」

少女は慣れないヒールで去っていく。まるで竹馬にでも乗っているかのような、ぎこちない歩き方だった。

「一六ぐらいだろ？　お、お前が雇ったのか？」

「一五だって」と、純子はカウンター席に座っていた小柳の隣に並んで腰かけた。

「ち、中学生か？」

「卒業してる。母親がガンで闘病中で、借金抱えてるんだって」

「ち、父親はいねぇんだろうな」

「うん、離婚してるそう。行方知れず」

「は、母親は会社勤めか？　だったら保険で入院費用や、休業手当がもらえるはずだ。借金抱えたりしねぇはずだぞ。そ、そういうこと知らねぇんじゃねぇか」

「事務職だって言うから、そうじゃないのかな」

「ああいう金は申請しねぇと届かねぇ。し、申請の方法なら俺が知ってるぞ」

純子が笑った。

「ショウちゃんに不正受給の手ほどきしてたもんね」

「うっせぇ」

小柳はウィスキーを口に運ぶと、カウンターの鏡越しに、中年男性の客たちの中で暗い顔で座っている少女の悲しげな横顔を見た。

明らかに違法な雇用だったが、小柳がオーナーのこの店では珍しいことではなかった。

家に帰ることができない少女たちが少なからず働いている。理由は様々だったが、男親からの虐待が多かった。

少女たちも問題を抱えていた。非行少女たちだったのだ。そもそも劣悪な家庭環境が彼女たちを、非行に走らせているのだが。

もちろん〝駆け込み寺〟としてクラブを小柳がやっているわけではない。違法に低年齢の少女たちを店に出すことで、客は増えるのだ。賃金も安く済む。

鏡の中の少女は、そんな少女たちとは違っていた。

「ああいう子は、こんな店は無理だろ」

純子が少し吊り気味の目をすがめる。そうすると凄味があった。

「風俗とかに行かせろってこと？」

小柳は返事をしなかった。

純子が小柳に向き直った。その顔には怒りがあった。

「あんたさ、それが〝シノギ〟だって言うんだろうけど。あんた、知ってんだろ？　風俗に落ちた若い子が、搾り取られて、おかしくなっちゃうってさ」

小柳は純子から目をそらすとつぶやいた。

「そ、そんなこと気にしてたら、商売になんねぇ」

「あんたさ。男が廃るんだかなんだか知らないけど、こういうことで、ヤクザの非情さみたいなのを、チラつかせんのやめなよ。あんたのそういうトコ嫌いよ。あんた、ぜってぇ無理してんだから」

「綺麗事を言えないいくらいなことを、俺はしてるってことだ」

すると純子が嚙みついた。

「由香は？　薫子は？　私は？」

小柳は純子の顔をチラリと見やった。いずれも借金で首が回らなくなって追い込まれていた女たちだ。小柳が金融業者との間に入って、暴利の部分はディスカウントさせた。その上で女たちを風俗で働かせる手筈を整える。女たちの稼ぎの半分ほどは金融業者に返す。そしてその中のいくらかを小柳が得ていた。稼ぎとしてはあまりに薄かったが、そういう女を多数抱えて〝商売〟にしていたのは事実だ。

だが〝年季〟が明けた女たちの仕事の場所として、小柳は数軒のクラブを経営していたのだ。

つまり小柳は〝そんなこと気にして〟いる男だった。

純子と同じような境遇の由香、薫子も小柳が雇っている。だが借金漬けになる女は一様ではない。中高年の女たちは、なかなか売り手がなかった。それでも小柳は熟女専門の風俗などに何人か世話したりした。それきりで行方も知れなくなっている女たちもたくさんいる。気にしていたとしても、小柳も綺麗事は言えない男の一人だ。

だが、鏡の中で悲しげな顔をしている少女が、借金漬けになったりすることはまずない。

「ひでぇ話なんだよ、あの子」

もう一度、分厚いメイクが浮いている少女に小柳は目を向けた。

隣の中年男の客に話しかけられて、愛想笑いを浮かべることもできずに、うなずくだけの少女。

「あの子、芳美って言うんだけど。敏子ママのスナックにいきなり来て〝働かせてください〟って言ったんだって。事情と年齢聞いて、敏子ママはビビって、うちに話、持ってきたの。〝小柳さんなら、なんとかしてくれるだろ〟って」

小柳は首をひねった。

「そんな話、お前から聞いてねぇぞ」

「ここんところ、忙しかったみたいじゃない。朝まで帰ってこないし。なにしてんだか知らないけど。話す暇なかったんだよ」

小柳は薄く笑って尋ねた。

「は、母親、し、死にかけてたりすんのか？」

「食道ガンでステージ４って言ってた。転移もあるらしいけど、末期ではないみたい」

「よ、よ、余命宣告されてんじゃねぇか？」

「それはないみたいだけど、食道ガンのステージ４の生存率が低いんだよね、調べたんだけど」

小柳は考え込んでしまった。

「し、借金ってのは、なんだ？　み、未成年のあんな子が借金なんて、そもそもできねぇだろ。その母親の名義にしたって借りられねぇはずだ」

純子が渋い顔になった。

「お母さんは平塚の人なの。孤児で施設育ちらしいんだけど。施設で一緒だった女が、見舞いに来て、アフリカだったかが原産の、モミっていう果物のジュースってのを勧めたらしいの。ちょっと話題になってたんだよ、末期ガンが治るって。お母さん、それをすっかり信じちゃってさ。物凄く高いんだよ」

「い、いくらだ？」

「一日三本で二万円が一セットで、ガンが大きくなるのを止めるのが、一二セットで、ガンが縮小するようになるには一〇〇セット。ガンが完全に消えてなくなるまでは、三〇〇セット。これをいっぺんに買うと割引があって、五〇〇万円になる……」

「そ、そりゃ、詐欺に間違いねぇな」

「その施設で一緒だった女がジュース売ってでさ。その女が闇金（やみきん）の男を、母親に紹介してんの」

小柳の目が鋭くなった。間違いなくグルだ。

「それはちょっとわからない。だから、それをあんたに相談しようと思ってメールしてんのに、返信もしないし、帰ってこないから……」

愚痴になりそうなのを、小柳が押しとどめた。

「そ、その闇金の野郎が、あの子に追い込みかけてんのか？」

「そう。働くところを紹介してやるって言われたんで、恐くなって自分で働く場所を探したんだって。そんで敏子ママんトコに飛び込んだみたい。大人しい顔してるけど、大したもんよ」

「や、闇金の野郎は、店にゃ来ねぇのか？」

「そりゃ、ここが小柳さんの店って知ってるでしょ。店に来たことはないけど、心配だから、住んでたアパートを引き払わせて、従業員用のアパートに住まわせてる」

小柳はもう一度、少女——芳美を見やった。

分厚いメイクで隠されているが、とびきりの美少女だ。

「ど、どうしても、闇金はあの子をほしがる。いくらお前が隠しても母親が入院してる病院で待ち伏せしたりするだろう。拉致されたら、しまいだ」

だが闇金の連中は芳美を拉致していない。だとすれば可能性は一つだ。

「か、確認だ。闇金の野郎どもは、あの子がここで働いてるのを知ってるのか？」

純子はうなずく。

「はっきり確認したわけじゃないけど、知ってると思う。店の前で闇金の男を見たって芳美が何度か言ってたから」

見張っているということか。だが踏みこめないのは、ヤクザがオーナーであることを知っているからだろう。

「が、学校にゃ行ってねぇのか?」

「母親が入院してるからね。働いてたの。中学の先生の紹介で、ゴルフ場でキャディの見習いやってた」

「や、辞めちゃったのか?」

「うん。闇金のチンピラが押しかけたりして、居られなくなったって」

小柳は立ち上がって、ウィスキーを呷った。

「どこ行くの?」

「久しぶりに、ちょっと散財したいような気分になったんでな」

小柳の顔に楽しげな笑みがあった。吃音が消えていた。

小柳は舎弟の高遠を伴って、平塚の夜の繁華街を肩で風切って歩いていた。

丸出しのヤクザ二人が歩くと、酔客でにぎわう繁華街の通りは、まるで、捕食者に追われたイワシの群れのように、綺麗に割れていく。

「その闇金やってる亀井ってのは、なにもんだ？」

「阿野の伯父貴が子飼いにしてるインテリヤクザっす。一流大学を中退かなんかで、株で荒稼ぎしてたのに目ぇつけて、金融関係、全部やらしてるらしいっす」

阿野の伯父貴は、関東最大の広域暴力団に指定されている利根川会の幹部だ。小柳たちが所属する組は、利根川会の二次団体となる。小柳たちの組長が阿野の舎弟なのだ。

「阿野の伯父貴と、その亀井ってのは盃交わしてんのか？」

「いや、完全に関係は切ってます。もちろん、事務所準備や運転資金なんかは、全部、阿野の伯父貴がもってるんです。その闇金の仕事は、利根川会の若いのが、出張って仕切ってるらしいっす。それに揉め事の時にゃ、ケツ持ちで利根川会が出てくるみてぇっす。実質的にはフロント企業っすね」

小柳は舌打ちした。やりにくい相手だった。

「いくつだ？」

「まだ二五らしいっす」

恐い近所のおじさんのイタズラ息子を小柳は想像していた。叱りつけたくてもおじさんが恐くて動けない。

しかもそのおじさんは、筋金入りの武闘派で鳴らした極道だ。

とはいえ阿野との〝関係〟はできている。一度ならず阿野から小柳に〝盃〟の話が出たほどだ。

やりようはある。穏便に事を運べば。

高遠の運転する黒塗りのベンツで小柳は横浜に来ていた。亀井の〝オフィス〟がある西口のオフィスビルだ。地上一五階建てで真新しい。亀井のオフィスは最上階にある。「い、行ってくる」と小柳はドアを開けた。

「はい。お気をつけて」と高遠が一礼する。

「き、気をつけるような相手か？」

高遠が首を振った。

「兄貴なら両手両足しばられてたって圧勝っすよ。でも、阿野の伯父貴がバックに……」

いきなり小柳が高遠の頭を張り飛ばした。

「何度も同じこと言ってんじゃねぇ」

「サーセンでした」

高遠が運転席に座ったまま頭を下げた。

「おう」と小柳は車から降りて、ドアを閉めた。

時間は夜の一〇時だった。事前に電話でアポは取っていた。いきなり押しかけて度肝を抜くのが常道だったが、同組織の相手には仁義を切らなくてはならない。

教えられた通りに、ロビーにあるエレベーターで、一五階に上がった。

扉が開くと、左右に廊下がある。廊下の両側にずらりとガラス戸が並んでいて、すべてオフィスのようだ。

指示されたとおりに、南側の一番奥にある部屋に向かった。

この部屋だけガラス戸ではなく、金属製で真っ赤に塗られたドアだった。

ドアノブがあるが、鍵穴がない。

インターフォンもない。ノックをしようとすると、ロックが外れる音がした。

どこかにカメラがあるのだろうが、ぱっと見ただけでは見当たらない。

重いドアを引いて開けた。

二〇坪ほどのオフィスだ。入ってすぐに事務机が四つあって〝島〟を作っている。テーブルの上には電話が置かれているだけで、殺風景だ。

左手にはスチールのキャビネットがある。恐らく顧客の情報の類だろう。その脇には大きな金庫がこれ見よがしに置いてある。

「鬼の小柳さんが、ホントにいらっしゃったんですね」

明るい声の方に顔を向けた。だが声の主の姿は見えない。

オフィスの奥、大きなガラス窓の前にズラリとモニターの背が並んでいる。五台もある。長い机だ。モニターの向こうに亀井は座って仕事をしているようだ。

足下を見ると、右端に黒い革靴が見えた。

「すみません。ちょっと取り込んでまして、お待ちいただけますか？　そこの椅子（いす）に座っててください」

なんと、それから三〇分も、小柳は待たされた。亀井は声をかけようともしない。時折、マウスをクリックする音以外は静寂だ。

小柳は黙って部屋の中を観察した。

はめ殺しの分厚いガラス窓が全面をぐるりと囲んでいる。洒落（しゃれ）ているが殺風景だ。オフィスには装飾は必要ないのだろう。

だが一つだけ気になったことがあった。自動で換気がなされる最新式の空調設備だったが、亀井が座っている上部に旧型で大きな換気扇があるのだ。換気扇からぶら下がっている紐（ひも）を引いて始動するタイプだ。最近は見かけない。

亀井がタバコでもすうのか、と小柳は思ったが、部屋の中にタバコの臭（にお）いはまったくしない。だが阿野の伯父貴がヘビースモーカーだったことを思い出した。空調のレベルでは臭いが取れないのだろう。頻繁にこのオフィスを訪れているのか。

部屋を見回していると、ゴルフクラブのフルセットが床に綺麗に並べられている。

小柳はゴルフをかじったこともなかったが、そのクラブが高級なのはわかった。いずれも綺麗に磨き上げられている。

「すみません。お待たせして」

声とともにモニター越しに亀井が顔を出した。

身長は一七〇センチそこそこだ。髪をオールバックに撫(な)でつけて、白いフレームのメガネをかけている。小さくて細い目、しゃくれた顎(あご)も相まってお笑い芸人のような印象を小柳は抱いた。

「急に押しかけたからな」

「いえ、世界中を相手にしてますんで、徹夜で追っかけたりして、動きがある時は、一瞬も目を離せないってことがあるんですよ。諦(あきら)めちゃうと儲(もう)けを逃したりして。今の三〇分で、一桁(けた)儲けを増やせました。ありがとうございます」

言いながら亀井はデスクの脇を回った。その途中で換気扇の紐を引いて作動させた。かなり大きな音がする。

亀井は、小柳の前に椅子を引いて腰かけた。

グレーの地味な細身のスーツに臙脂(えんじ)のネクタイ。サラリーマンのようだが、若い……というより幼く見えた。

「なんだ？ 屁(へ)でもこいたか？」

小柳の問いかけの意味がわからないようだったが、ようやく亀井は気づいたようで、換気扇にちらりと目をやって笑った。

「ああ、私、ちょっと病気でして、定期的に換気扇を回さないと、空気が汚れていくような気がして、息苦しくなってしまうんです」

「そうかい。でも、アレ、後付けなんじゃねぇのか？　賃貸物件にあんな傷つけちゃあ……」

亀井が手を上げて小柳の言葉を遮った。

「いや、後付けじゃありません。ここ、建てる時に阿野さんに買ってもらったんで、好き勝手に手を入れられたんです」

横浜駅前の新しいオフィスビルの一室だけの分譲は、小柳も聞いたことがなかった。だが阿野が無理を押し通したのは想像できた。

小柳はモニターを指さした。

「株か？」

亀井は小さく笑った。

「ま、ＦＸってやつですね。為替（かわせ）です」

「そうかい」

「それだけじゃなくて、そっちのモニターはビットコインでして。ご存じですか？」

「知らない」

「そうですよね。小柳さんは、そんな〝ちんけ〟なことしなくても、たっぷり稼いでらっしゃるから」

亀井は小柳を目の前にしても臆することもなく、ペラペラとしゃべり続ける。

そして亀井は小柳を見下している。それだけは、ひしひしと伝わってきた。

「人さまのシノギに注文つけるのは、不細工だってのは承知の上で、頼みがあって邪魔した」

「はい。なんでしょう？」

亀井はにこやかに応える。

「ウチの従業員が追い込みをかけられてる」

「はあ」

「あんたがやらせてる闇金だ」

「ええ」

「だが借金しょってるのは、従業員の母親だ。その子じゃない」

亀井が鼻で笑った。

「え？ 借金の当事者にしか取り立てちゃいけないよって、おっしゃってます？ 保証人や担保なしで用立てるのが、闇金ですよ。そのリスクを……」

「わかってる」

小柳はやはり返事をせずに、亀井を見つめるばかりだ。

「じゃ、なんです？　小柳さんが立て替えるって話ですか？」

「大森芳美の話ですよね？」

いきなり切り出されて小柳は驚いていた。

「し、知ってんのか」

「ええ、ゴルフ場のキャディをやってる頃から知ってます」

小柳は言葉を失っていた。亀井は笑顔のままだ。

「小柳さんなら、おわかりですよね。狙ってました。あんな上玉は滅多に出ませんからね。趣味と実益を兼ねた、壮大な計画なんすよ」

「は、母親がガンで……」

「それは、芳美の身辺洗ってたら、出てきた偶然です。さすがにガンはしかけられないですから。母親が施設育ちだってのも掘って、そこの出身でやさぐれてる女も掘って、モミジュースも絵を描いて、漬け込んでるんすから。元手もかかってます」

亀井は自慢げだ。

「あ、あの子は……」

「一五っすよね。ちょっと薹が立ってますが、まだ守備範囲です。顔だちゃ身体はドストライクっすね。夢の女っすよ。もう三、四歳若かったら、最高だったんですが」

亀井はヨダレでも、たらしそうな顔をしている。

小柳は黙って考え込んだ。

「横やり入れようとしてます？　なんでですか？　まさか〝かわいそう〟とかですか？」

亀井が知らないところで、闇金のヤツラが勝手に動いているのだとしたら、ヤクザとしての貫目の違いで押さえつけられる、と小柳は踏んでいた。だが様相がまったく違っていた。亀井自身が指揮しているのだ。

「え？　その顔、本当にかわいそうって思ってやめさせようとしてます？」

小柳は黙っていた。攻めあぐねているのだ。

「本気なんだ。でも、小柳さんだって女をたくさん、風俗なんかに沈めてシノギにしてんじゃないですか。知ってますよ。助けるとか、冗談でしょ？」

芳美を手に入れるのに障害になっている小柳の身辺を探っていたようだ。次第に小柳の中に怒りが沸き立ってくる。

「いや、違うんですね？　芳美の美貌（びぼう）に惹かれてるんでしょ。それは、やめてくださいよ。それこそ〝後出し〟ですよ。横取りする気なら、それなりの対応させていただきます」

〝対応〟と言っても阿野に言いつけるということだ。

こんなガキに脅された。

小柳の目がギラリと光った。

「そんな回りくどいことしてねぇで、ヤっちまえばいいんじゃねぇのか」

亀井は首を振った。やはり笑顔だ。

「向こうから身体を開かなきゃダメっすよ。強姦（ごうかん）なんて、ちっとも楽しくない」

借金の取り立てでヤクザに脅されている芳美を救う白馬の王子、でも気取るつもりだったのだろう。だが飽きれば売り払うつもりなのだ。〝趣味と実益〟だ。もう一度小柳は亀井をにらんだ。

「おお、恐い。凄い眼力ですね。でもその後のウィンクなんなんす？　凄味が消えちゃいますよ」

亀井はやはり楽しそうに笑っている。

「よ、芳美の借金はいくらだ？」

「え？　払うつもりですか？」

「い、いくらだ？」

「ざっと五千万ですね。小柳さんの女が匿（かくま）っちゃうから、ドンドン利子がふくらんじゃってんですよ。ほら、今もチャリ～ンって」

亀井は自分の言葉がおかしかったようで、手を叩（たた）いて一人で爆笑している。

払えない金額ではなかった。一番穏便な解決法だ。払えば文句のつけようがない。

言われるままに払ってしまっては、小柳の面子が保てない。噂が広まるだろう。貫目が落ちる。

だが亀井は小柳の存在が邪魔で仕方ないはずだ。それだけははっきりしている。現に今は芳美に手も足も出せないのだ。その時、小柳の頭にひらめくものがあった。

「あ、あの子を、芳美を、俺の舎弟にする」

亀井の顔から笑みが消えた。

「この足でオヤジの前に連れてって、芳美と兄弟の盃を交わす。回状も流す」

小柳は立ち上がった。

セカンドバッグに手を差し入れると、亀井が身体をびくりと震わせた。拳銃でも取り出すと思ったのだろう。

「舎弟の借金だ。これで手を打ってくれ」

封筒を小柳は、机の上に置いた。一千万円あった。もともと用意していた金だ。いくら貫目で押し切っても、タダではすまないのが、ヤクザの世界だ。

亀井は黙ったままだ。チラリと小柳に目を向けてくる。

小柳は、一歩前に進み出ると告げた。

「証文くれねぇか?」

亀井は黙ったままで、スチールのキャビネットの脇にある巨大な金庫を開けた。

中には現金などがびっしり入っているはずだが、小柳に見えないように亀井は扉と身体でブロックしている。

金庫を閉めると、紙切れを手にして戻ってきた。

それを机の上に置く。小柳は目を通した。

芳美の母親である大森薫子の署名があり捺印（なついん）されている。五〇〇万円の借用書だ。

小柳は借用書を手にすると、亀井を一瞥（いちべつ）する。

黙って小柳の視線を受け止めて、硬い表情をしていたが、やがて亀井は苦笑を浮かべた。

「噂には聞いてましたが、本当に型破りなんすね。参りました」

亀井が一礼したが、すぐに顔を上げた。

「一つだけ教えてください。芳美に惚（ほ）れたんですか？　それともかわいそうだから？」

小柳は亀井の目を見ると、ニコリともせずに告げた。

「惚れたんなら兄弟分にしたりしねぇよ。弟とヤるか？」

亀井の顔が、歪（ゆが）んだ。だがすぐに作り笑いを張り付けた。

「ホントに参りました」

また亀井は深々と頭を下げた。

「す、すまねぇな」

小柳はオフィスを後にした。

高遠の車で、クラブに出向き、純子に経緯を説明すると、その足で、芳美を連れて組長の自宅を訪れた。

兄貴分である阿野との揉め事の可能性があり、小心な組長は渋ったが、小柳が差し出した一〇万円で、小柳徹と大森芳美が〝二分八の兄弟〟となることを記した回状にお墨付きを与えた。

その上で、芳美は組長宅に〝部屋住〟の家事手伝いとして、住み込むことになった。

小柳は芳美に、今は亡き姉の理江の姿を重ねていた。悲しげな横顔が驚くほどに似ていたのだ。〝弟分〟とすることに小柳は小さな喜びをさえ感じていた。

＊

その数カ月後、小柳と高遠が所属する組は、解体の危機に瀕していた。組長が上納金をちょろまかしていたことが発覚したのだ。かなりの金額でありお取り潰しの危機だった。

組の解体を覚悟した小柳は、平塚を地場にする同系列の組の組長であり信頼する伯父貴に高遠を引き取ってもらった。その時、芳美も一緒に伯父貴の家で暮らせるように算段した。

その時は周囲の取りなしもあり、かなりの金額を小柳が補てんしたことで、お取り潰しには至らなかったが、信用を失った組は、経済的な危機に瀕していた。小柳がどうにか組の者を差配して稼がせていたが、危うかった。

そんな時に、亀井に儲け話を持ちかけられた。横浜の建設業者から、月に四〇〇万円のみかじめを取り立てるために、小柳さんの「顔を貸してほしい」という依頼だった。それだけで、月に五〇万円が小柳に振りこまれるというのだ。

たしかに神奈川の建設業者には小柳の顔が知られている。〝産廃の小柳〟の名を知らない者はいない。荒っぽい仕事もいくつか手がけており〝悪名〟は高い。

阿野の伯父貴を飛び越えて〝顔を貸す〟ことに小柳は抵抗があったが、阿野も〝小柳に任せた〟と言っていると亀井が請け合った。

亀井には芳美の件で〝借り〟があるという思いも小柳のどこかにあった。

横浜のホテルの部屋で、小柳は建設会社の社長である浅木(あさき)という男と、亀井の三人で会った。

小柳は浅木と面識がなかった。だが浅木は小柳を知っているようだった。いきなり「小柳さん」と声をかけてきた。阿野のパーティーで名刺を交換したというが、覚えがなかった。

小柳が口を開く機会はなかった。亀井が資料を見ながらみかじめ料と、その〝契約〟によって提供される〝サービス〟の説明をしている。

毎月五〇万円がこれだけで支払われるなら安いものだ。かつて、ヤクザの仕事はこんなことが多かった。顔を見せて、にらみを利かせるだけで大金を得る。代紋を背負っていれば濡れ手で粟のシノギができた。

「最後に」と亀井が切り出して、小柳に一礼した。

「小柳さんから一言、お願いします」

小柳はソファに座ったまま「浅木さん、よろしく頼みますよ」と告げた。

「承知しました。以後、お見知りおきを」と浅木は受けた。

その二カ月後に、小柳は警察に逮捕された。容疑は恐喝だった。

小柳は、完全に黙秘を貫いた。だが浅木が被害を届け出て、証拠があった。ビデオがあったのだ。みかじめ料の話、〝サービス〟の条件、そして最後に小柳が〝浅木さん、よろしく頼みますよ〟と告げていることが録画されていた。関東最大級の広域暴力団の二次団体の若頭である小柳が、その背景を利用してみかじめ料を要求した、という見立てだ。すぐに起訴されて、裁判の結果、恐喝罪で懲役四年を宣告された。執行猶予もつかず保釈も認められなかった。

すべては亀井の罠だ。芳美を奪われたことの仕返しだったのだろう。もちろん警察と共謀していたのだ。亀井も社長の浅木も逮捕されないどころか、事情聴取も受けていない、と高遠が知らせてきた。

そんな簡単なことが見抜けなかった自分を小柳は恥じた。あまりに間抜けで恥ずかしくて、弁護士に強く勧められたが、控訴もしなかった。

獄中で、小柳はヤクザ稼業から足を洗うことを決意したのだ。

小柳が収監されている間に、シャバに残してきた〝金〟はほぼ雲散霧消していた。ベンツも、現金も金塊もすべてが奪われていた。そして産業廃棄物処理業も、クラブも小柳の手から離れてしまった。

収監されて三年目に小柳に現金書留が届いた。ほぼ同時に届いた手紙の差出人は芳美だった。

〝小柳徹さま

高遠のおじさんに、小柳さんに連絡をとってはいけない、と何度も言われていましたが、私は小柳さんのおかげで、今年、高校を卒業して、就職できました。ありがとうございます。

そのお礼をどうしてもお伝えしたいと高遠のおじさんにお願いして、この手紙を書いています。小柳さんが刑務所に入っていることを知らなかったので、本当に驚いています。

そして悲しかったです。悪い人が刑務所に入らないで、小柳さんのような良い人が刑務所に入っている。こんな世の中はおかしいです。

私の勤め先は湘南(しょうなん)銀行です。あまり給料は良くないですが、高卒にしてはかなり良い就職先だ、と言われています。

高遠のおじさんが毎月三万円を小柳さんに送っているとお聞きしました。

私の給料では三万円も送れません。高遠のおじさんに三万円を大きく超えてしまうと刑務所によっては受け取ってもらえない場合があるから、千円ぐらいにしておけと言われました。

でも、私は組長さんのお宅で暮らさせてもらっているので、安い給料でも困りません。なので一万円を送らせてもらいました。これはずっと続けていきます。小柳さんが刑務所を出てからもずっとお送りします。ボーナスがもらえたら、それは全部小柳さんにお送りします。一〇一〇万円を返し終わるのは、まだまだ先になりそうですが、いつか絶対に全額お返しします。

小柳さんが刑務所を出る頃になったら、もっと給料をもらえていると思うので、おいしいものをご馳走(ちそう)します。

どうぞお身体を大事にしてください！

大森芳美

追伸　純子さんが、手紙に返事を書けって怒っています。お返事書いてあげてください。〃

組長の家に居続けることを小柳は危惧(きぐ)していた。組長の娘でもない若い女が出入りしていることは、人々の目を引く。ヤクザ組織の関係者なのだ、と噂が広まるだろう。まして美少女だ。嫌でも目立つ。だが同時に組長の縁者であることは、芳美を守ることにもなる。亀井は小児性愛者だ。もはや大人の女性となった芳美に興味を失っているだろう、とは思っていたが、懸念を払拭(ふっしょく)できなかった。

結局、純子にも芳美にも返事は書かなかった。そして高遠に厳命して、芳美には小柳の出所時期も、出所後の居場所も伝えさせなかった。だから芳美が金を送ってきたのは刑務所にいた期間だけだ。

だが小柳はしっかり保管していた。刑務所に届いた芳美からの現金書留のすべてを。

頃合い(ころあ)を見計らって、クラブのオーナーを引き継いでいる純子を保証人にして、この金で、芳美のための部屋を用意してやりたかった。その上で極道との縁を完全に切る。しかし、芳美の母親は二年前に亡くなっている。天涯孤独となって……。いや、それ以上の心配や庇護は無用なばかりか、芳美には有害だ、と小柳は自身を戒めた。

3

ユメコーン保育園では、小柳の昼休みが子供たちとの鬼ごっこでつぶれるということはなかった。そもそもビルの一階にあるユメコーン保育園には庭がないのだ。

休憩室で小柳はスマホにかじりついていた。自分なりにホワイトロジスティックスを調べようとしていたのだが、ネット上には求人情報以外には、情報がなかった。求人の条件は学歴や職歴も年齢の限度さえなかった。ただ〝男性〟に限定されていた。業務の内容は倉庫業（軽作業）とだけある。〝年収三〇〇万円超。高収入も可能〟とあるが、具体的な給与などは見当たらない。〝フレックス勤務あり〟とあるが、勤務時間さえ明記されていない。

求人情報を見るだけでも危うさを感じさせた。

そこに着信があって小柳は休憩室を出て、園の前の通りに向かった。

〈完全なブラック企業っすね〉

高遠からの電話だった。

「社長は亀井なのか？」

〈ええ。社員は二〇人くらいだそうで。ちょっと見てきましたが、辻堂にあるボロボロの倉庫を買いたたいて、いくらか手を入れて、稼働してるんです。二四時間、稼働です。大手通販の在庫の保管と梱包、発送、流通加工までやってるようで、地獄の忙しさです。一二時間ごとのシフト制だそうで、こりゃ完全に……〉

「ブラック。真っ黒だ。労働基準監督署の案件だな」

〈間違いないです。でも一件もチクリがないんすよ〉

「脅してんだろ」

〈ええ。殴る蹴るは当たり前らしいっす。で、月給が手取りで一五万。賞与は〝社長のお気持ち〟程度だそうで。ここまで人件費削ってるし、元手もほとんどかかってねぇから、保管料なんかも破格に安いらしくて、大忙しでウハウハだそうです〉

「それ誰に聞いたんだ？」

〈その倉庫の従業員です。倉庫の裏で隠れてタバコすってるヤツがいて、そこで話しかけたんです。大人しそうなヤツでしたが、ペラペラしゃべりました。でも、臭えんですよ〉

「何が臭えんだ？」

〈身体とよれよれの作業着ですよ。多分、風呂とか洗濯とかする時間もまともに取れないんですよ。この暑いのに〉

その時、見慣れない男が、小柳の脇をすり抜けて、園に入って行った。

「お！　また電話する」

〈失礼しやす！〉

園に入って行った若い男が臭かったのだ。

前を歩く、臭くて若い男は、ベージュの作業着姿だった。薄汚れたTシャツは汗染みがある。

男の姿を見つけて、職員室から、園長の福田が慌てて出てきて、三歳児組に向かおうとする男を呼び止めた。

「笠松さん、おかえりなさい」

焦っているはずだが、福田は丁寧に頭を下げた。

「ああ、園長先生。すみません。仕事が終わらなくて……」

謝罪しているが、笠松はどこかぼんやりした声でひとごとのように聞こえる。そのまま三歳児組に向かおうとする。

「あ、笠松さん、ごめんなさい。お忙しいところ、ごめんなさい。ちょっとだけ、お時間いただけませんか？」

笠松が「いやあ、ホントに忙しいんで」と歩きだしたところを、福田が笠松の腕にすがりついた。

「お忙しいのはわかってます。でも、本当に」

小柳は背後で立ち尽くしていた。福田が必死なのがわかった。

「わかりました」と笠松は職員室に向かった。

小柳は職員室の前で身を隠して立ち聞きすることにした。

「お仕事、お忙しいですか？」と福田が優しい声で問いかけている。

「ええ、寝ることもできなくて。迎えに来れなくて、すみません」

笠松の声は弱々しい。だがどこかに苛立(いらだ)った印象があった。

「謝られることじゃないんです。でも、そんなにお仕事、お忙しいと笠松さんのお身体が心配になります」

「ありがとうございます」

しばし沈黙が続いた。福田も攻めあぐねているのだろう。

すると笠松が口を開いた。

「健太は、昨夜はどうしたんですか？」

しばらく間があったが、おずおずと福田が口を開く。

「あ、あの、児童相談所にお話しして、養護施設に一時的にお預けするのが本当なんですけど……」

するとと笠松が震える声で遮った。

「じ、児童相談所には、絶対、連れて行かないでください！　行ったんですか？」

「いいえ、奥様が入院なさってるし、笠松さんにも連絡が取れなくて、健太くんはどんどん不安そうになっていくので〝先生のお家に泊まる？〟ってお聞きしたら、〝うん〟って、とてもほっとしたような顔をしてくれたので、本当は禁じられているのですが、私の家にお泊めしてしまいました。ごめんなさい」

「ああ、そうですか。すみません」

笠松が謝罪したが、また気まずい沈黙が続いた。

「ちょっと時間がないんで、もういいですか」と笠松が言い出した。椅子から立ち上がる音がする。

「健太くんをお連れになりますか？」

「ええ」

「お父様がお仕事の間、健太くんは、どこで過ごすんでしょう？」

「昔の同僚が小田原にいて、そいつに預けることになってます」

「お友達ですか？」

「ええ。そいつ仕事してないんで、暇で金がないんで。小遣い渡して健太を見てもらうことにしました」

「独り暮らしの男性？　いくつぐらいの方ですか？」

「独身です。年は私より少し上かな」

「あの、ご実家は長野ですね。笠松さんのご両親に預かっていただくわけにはいきませんか？　それがダメなら宮崎の奥様のご実家に……」

「どっちも絶縁状態で、孫の顔も知りません。絶対に預かってくれないです。もういいですか？　保育園は仕事が落ち着くまで、しばらくお休みにします」

「いえ。お子さんの怪我(けが)や病気の場合は特例がありますが、お休みが長く続くと、退園という処置がなされます」

「え？」

「ウチは、定員を超えて子供たちを預かってます。待機児童がいるんです」

「ああ、じゃ、いいです」とぶっきらぼうな声がした。

「待ってください。その元同僚の方って、健太くんのことを知ってるんですか？」

「顔をあわせたこと、あります」

「え？　じゃ、一緒に遊んだり、過ごしたりしたことはないんですか？」

「いや、ちょっとぐらいは、あったかもしれないけど……」

言い訳染みていた。恐らく元同僚と健太は会ったこともないのだろう。小柳は出て行くべきか悩んだ。だが福田が申し訳なさそうな声で懇願した。

「健太くんは、奥様のご入院で、不安定になってます。それだけは……その見ず知らずの方に預けてしまうのは、なんとしてもやめていただきたいんです。差し出がましいお願いですが、私に健太くんを預からせていただけませんか？」

笠松は黙ったままだ。

「無理なお願いなのはわかっています。でも、私は、健太くんが心配です。私は一度、大きな失敗をしてるんです。いまだに心から消えません。同じことをもう一度繰り返したくないんです。お願いします。どうか、健太くんを預からせてください」

長い沈黙が続いていたが、やがて笠松の声が聞こえてきた。

「すみません。ありがとうございます。でも、簡単にお迎えには来れないと思います。それでも、いいんですか？」

笠松の声は暗く沈んでいた。

「ええ、私が大事にお預かりします。ありがとうございます」

「でも……」と笠松は言いかけて口をつぐんだ。

「なんでしょう？」

「児童相談所に連れて行ったりしないでください」

「承知いたしました。絶対に」

「それじゃ、よろしくお願いします」

歩く音が聞こえて、小柳は背を向けて笠松をやり過ごした。だがすぐに後をつける。


笠松は園から横浜駅に向かって歩いていく。早足だ。

小柳はその後ろを距離をとりながらつけていく。園から充分に離れたのを確認して声をかけた。

「失礼します、笠松さん」

ちらりと笠松は足を止めずに小柳に目を向けた。

小柳の容貌（ようぼう）を見て、笠松の顔に恐怖が宿った。歩みが止まる。

「は、はい？」

「お忙しいのはわかってます。でも、少しお時間いただけませんか？」

「え？　なんですか？」と笠松は慌てだした。視線が泳ぐ。

「私はユメコーン保育園の用務員の小柳と申します。福田先生に、健太くんのお話をうかがってます。ちょっと力になれないかって思ってるんです」

笠松は痩（や）せて弱々しい印象だ。顔色が悪く、今にも倒れそうに見える。そして臭い。

「力になるって……」

「私は元ヤクザです。今は用務員ですが、かつて、お宅の社長の亀井ってのと面識がありました。話が通るかもしれません。ちょっとそこの公園でお話うかがえませんか？」

脅えた顔のままだったが、笠松は黙ってうなずいた。

小さな公園に人の姿はなかった。

小柳と笠松はベンチに並んで座っていた。

「ホワイトロジスティックス、辞められませんか？」

笠松は硬い表情のまま首を振った。

「無理です。辞めるっていうと、あ、その……や、ヤクザの人たちに袋叩き(ふくろだた)きにされて監禁されます」

「しかし、小田原の元同僚って辞めたんすよね？」

また笠松は力なくかぶりを振った。

「聞いてたんですか」

「ええ、すみません」

笠松は吐息をついた。

「そいつは、作業中の事故で左足を大怪我して、まともに歩けなくなったんです。だから捨てられただけです」

恐らくは労災の扱いなどない。ただクビになっただけだ。

「行方をくらますって手もある」

「元ヤクザさんだったらご存じと思いますが、あの人たちはしつこいです。絶対に逃げられません。連れ戻されて、見せしめに皆の前でボコボコにされる」

ヤクザの常套(じょうとう)手段だった。小柳がうなずいてみせた。

「私みたいに妻や子供がいたら、絶対に逃げられません」

「警察に駆け込むってのは……」

「復讐(ふくしゅう)されます。そんなことできません」

「労働基準監督署に……」

すぐに笠松は首を振る。小さく苦笑を浮かべている。完全に諦めているのだ。

「証拠を集められないように、私たちのシフト表や日報なんかも、偽造されてます。本物はあの人たちが管理してるんです。それにたとえ証拠があったとしても、恐くて通報なんてできません。絶対仕返しされますんで」

「働いた時間のメモみてぇなモンでもありませんか？」

すると笠松が不安げな顔になった。目が泳ぐ。

「あるんですか？」

「え、いや……」

ようやく小柳は気づいた。ヤクザ風の小柳を亀井とグルではないか、と笠松は疑いはじめているのだ。

「亀井にハメられて私は刑務所に入れられてました。そこで私は足を洗ったんです。恨みこそあれ、あいつの利益になることは決してしません」

笠松が小柳の顔を見た。黙って小柳はうなずく。笠松の視線がチラリと下に動いた。どうやら小柳のポロシャツの胸に貼ってある、かわいらしい犬のマークのワッペンを見たようだ。

やがて笠松はズボンのポケットから、小型の手帳を取り出す。小さな鉛筆が刺さっている昔懐かしい手帳だった。

「これは今年の四月からですが、妻に言われて、勤めてしばらくしてから、内緒でつけはじめました。スマホだと時折チェックされるんで、手帳にしました。本当に切羽詰まった時に、最後の切り札になるんじゃないかって」

四カ月分ということか、と小柳は手帳を受け取って開いた。

出退勤時間と昼休みと夜休みの有無が記されている。

休日は二週間に一度ぐらいに見える。

「これ書いてない日は休みってことですか？」

「荷物が少ない時に〝明日休んでいい〟って指示されます。定期の休日はありません。前日の終業時に言われるんで、ただひたすら寝てるだけですけど」

「しかし、定期的に休んでるように見える」

「いや、疲れきってて、書かずに忘れちゃってる時があるんです。ほぼ休みはないです。月に一度もないです」

毎日一二時間どころか、さらに残業もしている。七時に出社して、夜の八時、九時まで。時には徹夜して二四時間勤務もしている。昼休みはとれることが多いようだが、夜はほぼ〝無〟だ。

「これまで倒れた人もいるでしょう？」

「倒れたら、病院には入れてくれます。でも、退院したら強制復帰です。誰かが入院してる間は、残りのメンバーでなんとか回さなきゃならないから必死でした。だからなのか、メンバー同士の連帯感みたいなのはありました。それも亀井さんは利用してるんでしょうけど」

笠松は吐息まじりに「馬鹿みたいですね」とつぶやいた。

「給料は手取りで一五万って聞いてます」

「ええ、そうです。昇給なし。ボーナスは、ほぼなしです」

「ボーナスは〝社長のお気持ち〟ぐらいは出るそうっすね」

驚いたようで、笠松は小柳を見つめている。

「なんで、それ、知ってるんですか？」

「私の知り合いが、辻堂の倉庫で働いてる人に聞きました。隠れてタバコすってる人に」

「ああ、太田さんだな。あの人、三回、入院してんですよ。三年前にあの会社ができてからずっといる人です」

「笠松さんはいつからです？」

「二年になります」

小柳は吐息をついた。

「その分の手帳はすべてありますか？」

「……ええ」とやはり笠松は脅えた顔をする。

小柳は微笑んでから話題を変えた。

「亀井は、その倉庫に顔を出すんすか？」

「ええ、部下のヤクザがずっと常駐してんですけど、任せられない人なんで、週に一度、必ず顔出してあれこれ細かいことに難癖つけていきます。でも、あの人、空気が綺麗じゃないと、苦しくなるそうで。汚い倉庫に長居はしません。それが救いです。でも、一二時間勤務とか、シフト表なんかの証拠を残さないとかって決めてんのは、あの人です」

小柳はあることを思い出して問いかけた。

「児童相談所に健太くんを連れて行くのを嫌がってましたね」

「それも聞いてたんすね」

「ええ、すみません」

笠松が長いため息をつく。

「去年、私と同じで、子供がいる人がいて、お迎えが何度も遅れたので、保育園が児童相談所に相談したんですね。そしたらそこの聞き取りかなんかで、労基署に通報されたようで、労基署からの問い合わせが亀井さんのところにあったようです。亀井さん怒り狂って、その人をボコボコにしてクビにしました」

「クビ？　そんな人もいるんじゃないすか？」

「うらやましかったですよ。でも労基署や警察に駆け込めないように、たっぷり脅してました。免許証、取り上げてたし」

「なのに、笠松さんを昨日は帰さなかったんすね？」

「倉庫の仕事は朝七時から夜の七時までなんで、遅くとも八時にはお迎えに行ける予定だったんです」

それでもすでに時間外だったが、お迎えに行くやりくりはしていたのだろう。

「でも、急遽（きゅうきょ）、平塚に行けって言われまして」

「平塚にも倉庫があるんすか？」

「いえ。ご存じなんじゃないですかね？　〝私設の刑務所〟って」

〝現役〟時代に噂を聞いたことはあった。だが実在することを確認はしていなかった。

「普通のオフィスビルにある〝ホテル〟のことですね？」

「ええ。そこの監視役が飛んだそうで、急遽私が監視をしなきゃならなくて、亀井さんには保育園に〝迎えに行けないけど、児相に連れて行くなって言っておけ〟って言われてたんですけど、そんなこと言えるわけもなくて。しかもスマホも亀井さんに取り上げられて、園に連絡もできなくて」

「間抜けだ」

「ええ。翌朝に、部下のヤクザが来たので、スマホを返してくれないから保育園に電話ができなかったって告げたら、慌ててスマホを返してくれました。そしたら部下に事情を聞いたらしくて、すぐにスマホに亀井さんから電話がかかってきて、〝迎えに行ってこい〟って言われて、今、ここにいます。でもすぐに戻るように言われてて、健太の預かり先も無理言って頼み込んで……」

〝私設の刑務所〟と〝手帳〟が使えるかもしれない、と小柳の目が鋭くなっていた。

かつてブラック企業は、ヤクザの領分だった。暴力を容赦なくふるい、支配してしまうのだ。取締りが厳しくなり、ヤクザ仕切りのブラック企業は数を減らしていったが、亀井のような形態が一部生き残った。生かさず殺さずの奴隷の扱い。黒の中の黒、漆黒のブラック企業だ。

笠松は平塚の〝私設の刑務所〟の仕事に戻って行った。

平塚駅から徒歩で二分ほどにある八階建てのオフィスビルだ。まだ建ったばかり、とはいえ建設されたのは小柳の収監中だったから、ビルに馴染みはない。

笠松から訊きだしたところ、その〝私設の刑務所〟は最上階にある。外見からは八階建てにしか見えないが、ビルの最上階の〝天井裏〟に当たる部分が少し大きくとってあり、そこにホテルの個室のような部屋が二五室ある。個室に窓はない。完全防音で堅牢な壁に四方を閉ざされている。頑丈なドアは外からしか開かない。外見から建物の上部に刑務所があることを悟られないために、天井が極端に低い。床から天井まで一四〇センチほどしかないのだ。

部屋にはユニットバスとベッドとテーブルとテレビがある。本などは随時、要求があれば買い出しに監視役が行くことになる。

刑務所への出入りは、エレベーターを使うが、〝九階のボタン〟はエレベーターにはない。特殊な操作をすることで、九階に到着するのだという。

二五室はほぼ埋まっている。ヤクザや半グレらが、警察の追手から逃れるために、入居している。そんな人物が半数だという。その他に、薬物中毒や家庭内暴力などで、家族に危害を加える恐れのある若い男がいたり、ヤクザが監禁にも使っているそうだ。

収監されている者たちが自傷や自殺を企てるのを阻止するために、二四時間監視している。だが同時に監視役の姿も監視されていて、居眠りをすると、翌日動画を確認したヤクザに殴られるという。毎日、ローテーションで行われる各部屋の掃除だけでも、かなりの時間と体力を要した。さらに収監者たちは、インターフォンを使って、食事や酒など様々な要求をしてくるそうだ。監視役は一日中走り回ることになる。倉庫ほどではないが重労働だ。

あまり混んでいないうちに横浜から東海道線に乗れた。

横浜勤務の時は、やすみか佳子が先に帰宅しているので、夕飯の支度を小柳がすることはなかった。

小柳が帰宅すると、カレーの匂(にお)いがしている。

「暑いのに、なんかすんごくカレー食べたくなって。でもゴハンはダメだからナン買ってきちゃった」

やすみが台所に立ちながら、そう言って笑った。

あまりつわりなどはなかったが、妊娠後期になると白いゴハンの匂いが鼻について、やすみはゴハンを食べられなくなっていた。

佳子は法人の会合で帰りが遅くなる予定だった。

カレーを食べ終えると「ちょっと出てくる」と小柳は立った。

「え？　飲み会とか？」

「いや、ちょっと人助け」

やすみが、いぶかしげな顔をした。

「危ないこと？」

「いや、でも、自信がない」

「珍しい」

やすみが笑う。

「後で聞かせてね」

「おう」と答えて小柳は家を出た。

駅に向かいながら、小柳はまだ考え続けていた。決定打がないのだ。

4

横浜駅の西口にあるオフィスビルの前に小柳が到着したのは、八時過ぎだった。

小柳はオフィスビルを見上げた。七年前と同じビルだった。まだ真新しいままだ。今日はアポなしで押しかける。下手に連絡を取ると、小柳からの復讐を恐れて、亀井が手下を集めている可能性があった。無駄な揉め事は避けたかった。

笠松を奪還する〝絵〟は描いた。だがあやふやだ。確信が持てない。

そのままに小柳はビルに向かった。


エレベーターを降りて、廊下の一番奥の部屋に目を向ける。見覚えのある赤いドアがあった。堅牢だ。

ガラス戸だった隣のオフィスも、黒い金属製のドアに変わっている。だがそこがなんの会社であるかの案内はまるでない。

小柳は赤いドアの前に立った。亀井は小柳からの復讐を恐れてドアを開けないのではないか。亀井にしてみれば、居留守を使えばいいだけのことだ。

だが内部でガシャリと錠が開く音がした。

ドアは相変わらず重い。

部屋の中はガラリと様子が変わっていた。

真っ赤な壁紙で部屋が包まれていた。床の分厚い絨毯は黒だ。照明がぼんやりと灯っているだけで薄暗い。まるで高級なクラブのようだった。

スチールのキャビネットとデスクがなくなって、革張りのソファとテーブルがあった。キャビネットがあった場所にこれまた金属製の重厚な扉がある。廊下の並びにあった黒いドアと同じものだ。オフィスをもう一つ増やしたのだろう。

　この部屋は〝社長室〟ということになるようだ。

　恐らく黒いドアの向こうに闇金を担当する、阿野の若衆たちが詰めているのだろう。

　キャビネットの隣にあった金庫がなくなっている。代わりのように大きなワインセラーが置かれている。中にはワインボトルが満載だ。

「いきなり、なんすか？」

　部屋の中で唯一変わらないのは、ずらりと並んだパソコンのデスクだ。以前よりも巨大なモニターの背面が亀井の姿を隠している。

　やはりカメラで見ていたのだろう。

「すまない。ちと相談があってな。急ぎなんだ」

　しばらくカチカチとマウスを操作する音だけが聞こえてきた。

「いきなり来られても、はい、そうですかってわけにゃいかないんですよ」

「すまない」

　またマウスの操作音だ。

「ちょっと時間かかりますよ。そこに座って、ウチのパンフでも読んでてください」

「おう。悪いな」

「ずいぶんと、お行儀よくなりましたね」

そう言って亀井が楽しげに笑っている。

小柳は、豪奢(ごうしゃ)な革張りの真っ赤なソファに腰かけて、テーブルに山積みしてあるパンフレットを手にした。

『暗号資産取引所、マウントタートル』と表紙にあって、若いモデルが指でＯＫサインをしている。小柳には〝銭〟のサインに見えてしまって噴き出しそうになった。ビットコインなどの仮想通貨の売買を扱うようだ。小柳は仕組みがまったくわからなかった。

開いてみると、中の文字が細かい。部屋が薄暗くて読めなかった。

デスクの上に洒落たライトスタンドがあった。スイッチを入れてみた。だが点灯しない。コードをたどってみると、コンセントには差さっている。

「あ、すみません。そのライト、故障してて」と亀井が顔を見せずに声だけで説明して「高かったのに」と付け加え、「へへ」と笑う。

小柳は淡い天井からの照明にかざしてパンフレットを読み進めていく。読めば読むほどに、仮想通貨を買う意味がわからなかった。値上がりすることを期待して、投資しているだけのことで、株などと、なにも変わらないように小柳には思えた。

もう文字は追っていないが、小柳はパンフレットに目を向けながら、モニターの奥にいる亀井に注意を向けた。かすかなマウスのクリック音。

亀井はモニターの向こうで、部屋の様子を隠しカメラの映像で見ているのだろう。

小柳が、なにかおかしな行動をしていないか、と。

隠しカメラは部屋中を網羅するために、恐らく何台もあるはずだ。

だが小柳は部屋を見回したりは決してしない。

小柳がパンフレットをテーブルに戻すと、即座に亀井が声をかけてきた。やはりモニターでチェックしていたのだろう。

「ビットコイン、やる気になってきました？　百円からできますんで。手数料もいただきません」

「へえ。しかし、俺にゃ、その百円も惜しいんでな」

「出所されたんですねぇ。ちょっと聞いたんですが、幼稚園だかに、勤めてらっしゃるそうですね。驚きましたよ」

とぼけているが、亀井が小柳の出所を知らないわけがなかった。小柳が復讐を計画していないかのチェックを若衆らに命じていたはずだ。恐らく亀井は小柳の現状のすべてを正確に把握している。

亀井が立ち上がった。いくらか大人になったように見えるが、どう見ても三〇代には見えない。相変わらず芸人のような白いフレームのメガネをかけている。光沢のあるダークスーツのグレードはかなり上がっている。

「なんなんすか？　いまさら逮捕された腹いせに、私をぶん殴ろうってなことですか？　一応、言っておきますけど、あの件は警察に脅されてブルった浅木社長がゲロってんですからね。私はなんにもしてませんよ。結局、ウチはみかじめも取れなかったし」

亀井は、手を伸ばして換気扇の紐を引いて、作動させた。前より大型で新しくなっているが、やはり紐のままだ。思い入れでもあるのだろうか、と思いながら、小柳が切り出した。

「笠松って男を、辻堂の倉庫で雇ってるだろ？」

亀井は首をかしげた。

「どっから聞きつけたんすか？」

「俺が勤めてるのは、横浜の保育園だ。そこに笠松は子供を預けてる。昨晩は迎えに来なかったんで、園長先生が自宅に子供を泊めてくださった」

「ああ、そんなこと言ってたなあ。でも泊めてくれるならいいんじゃないですか？　それで精一杯、働いて稼がないと。彼も若いんだし」

「保育士が自宅に引き取ることは、禁じられている。発覚すると園長先生にも害が及ぶ。児童相談所の案件になる」

亀井の眉（まゆ）がピクリと動いた。

「でも、今日は笠松は、もう家に帰ってる時間じゃないかな？　お迎えに行けるんじゃない？」

時計を見ると八時だった。

「笠松を辞めさせてやってくれないか」

亀井が顔をしかめた。

「なんで？　なんで小柳さんが、そんなこと言ってくんの？」

小柳は黙っていた。

「いいですよ。笠松の代わりに小柳さんが倉庫で働いてくれるんだったら」

亀井は挑戦的に目をすがめて冷笑した。

小柳は鋭い目で亀井を見返した。だが亀井の顔から嫌な笑みが消えることはない。

「笠松みたいに従順でまじめに頑張る男を見つけるのって、なかなか大変なんですよ。簡単には手放せないですね。そんな無茶を言ってくるなら、なにか取引の材料お持ちなんでしょ、小柳さんなら」

「平塚の私設刑務所はどうだ？」

亀井の顔から笑みが消えた。

「なに？　そのネタを警察にタレこむってこと？」

小柳は返事をしない。ヤクザとして最低のやり口だった。サツにタレこむなどヤクザとして到底あり得ない……。

小柳の様子を見ながら亀井が楽しげに笑った。

「ハハハ。あそこに警察関係者が入ってんですよ。そこまで調べられなかったか」

「関係者？」

「警察庁のお偉いさんの息子っすよ。強姦魔でね。三〇歳なんだけど、これまで五回も逮捕されてんの。でも親告罪の時代だったから、金で被害者に訴えを取り下げさせて不起訴にしてる。でも強姦がやめられない。精神病院の閉鎖病棟に入れてたんだけど、ああいうトコは、症状が落ち着くとガーデニングとか庭でやらせんだって。そしたらすぐに脱走して強姦。仕事帰りの女を建築中のビルに引きずり込んでやるのが好きで、一晩に二人もやっちゃうんですよ」

亀井は楽しそうだ。

「でも二〇一七年に親告罪じゃなくなったから、しばらくはヤツでも我慢してたらしいんだけど、また夜にウロウロしだしたんだって。次やったら、逮捕されて証拠があったら起訴されちゃう。そいつは馬鹿だからヤったらヤリっぱなしでさ。証拠隠滅なんて考えてない。そうなるとお偉いさんに傷がつく。そんでウチのホテルに入れてくれって頼まれて、タダで入れてます。だから、ウチはチクられても平気」

楽しげに亀井は笑っている。

一つ潰（つぶ）れた。恐らく本当の話だ。

小柳はポケットから笠松の手帳を取り出した。

「笠松の手帳。これは四月から今月までの記録だが、出勤と退勤の時間が毎日記されてる。ヤツは二年前からずっとこの手帳をつけてた」

亀井の顔に酷薄な表情が浮かぶ。

小柳は手帳を開いて、亀井に見せる。亀井は手帳をのぞき込んで「チッ」と舌打ちをした。

「あの野郎。でも、そんなのいくらでもデッチ上げられる。そんなの証拠になんねぇでしょ」

「いや、従業員の告発と、このメモがあれば内容確認のために労働基準監督署は動く。実態がバレたら送検されるの知ってるよな？　ついでに税務署に声をかける」

亀井が黙っている。

「税金払ってるか？」と小柳は笑みを浮かべた。

「当たり前でしょ」

笑みを浮かべているが、亀井の頬に緊張があった。

小柳は鼻で笑った。

「従業員に給料払わないお前が、税金をまともに払ってるとは思えないな。不当な賃金で不当な労働をさせる企業は、不当な納税につながるのは必至ってことで、連携するそうだぜ」

小柳のハッタリだったが、亀井の表情が固まる。

「図星じゃねぇか」

亀井は固まったままながらも「うるせぇ」と口の中でつぶやいた。

「どうだ？　これまでの不当な労働の対価をまとめて笠松に払ってくれねぇか。退職金と考えればいいだろ？　笠松が辞めても労基署には行かせない。それは俺が保証する」

「いくらです？」

「一千万」

「ふざけないでくださいよ」

「五百」

「冗談じゃないですよ」

「三百」

亀井は指を一本立てた。

「百。手帳は二年分、全部出してください。それが条件です」

うなずいて小柳はスマホを取り出して話しだした。

「待たせたな。上がってきてくれ」

亀井が身構えるのを見て、小柳がなだめた。

た。それと引き換えに百万、渡してやってくれ」

　しばらくすると、ドアをノックする音がかすかにした。

　亀井がパソコンデスクに戻って監視映像を確認したようで、錠が開く音がした。

　ドアが細く開いておどおどとした顔で、笠松が中をのぞき込む。

「いいよ、お前、入ってくんな。そこに手帳だけ置け。臭えんだよ」と言いながら、亀井が換気扇の紐をもう一度引いた。さらに大きな音で換気扇が強く回りだした。

「……はい。すみません」と言いながら笠松は、細く開いたドアの隙間から小柳に視線を向けてくる。黙って小柳がうなずいて見せた。

　笠松は手帳を二冊、絨毯に置いた。

　亀井はワインセラーの前で鍵を使ってガラス扉を開けた。さらに、ワインボトルを一本抜き出すと、そこに手を突っ込んでなにか操作している。

　ピーピーと甲高い大きな警告音がして、隠し扉になっていたワインボトルのラックが開く。小柳に見られないように背中で隠しながら、亀井が何かをつかみだして、ラックとワインセラーの扉を閉めた。

　警告音が消えた。

　亀井がドアの前に百万円の束を放り投げた。

「行け、もう二度と顔、見せんな。臭(くせ)えんだよ！」

笠松がまた小柳に目で確認する。小柳はまたうなずいた。

百万円の束を手にして、笠松の姿が消えた。

このまま、保育園に健太を迎えに行けば、間に合うだろう。

亀井は手帳を二冊拾いあげて、デスクに向かった。

「小柳さん」

呼びかけられて亀井に小柳が顔を向ける。

「またやられましたね。参りました」

亀井が頭を下げる。

「すまねぇな」

「小柳さん」と亀井が手を差し出す。

「なんだ？」

「いや、その手帳もいただかないと」

亀井が卑屈な笑みで、小柳の手にある手帳を指さした。

小柳は手にしていた手帳を亀井に手渡した。

亀井は手帳を三冊手にして、嫌な顔をした。

「手帳まで、臭(くせ)えんだな」

小柳は黙って部屋を後にしようとした。

「小柳さん、ちょっと待ってよ」

振り向くと亀井の鋭い視線が待っていた。

「なんか、あんたの貫禄（かんろく）でさ、調子が狂っちゃうんだけど。あんた、カタギになったんだよね。あんたにゃ、来月が出産予定日の妊婦と、わんわん保育園の園長ぐらいしか、後ろ楯（だて）がねぇだろ？」

やはり調べていたのだ。小柳の背筋に冷たいものが走った。

「身を守るために片足ぐらい残してんじゃないかって思ったけど、まっさらにしちゃってんのね。付き合いあんの、あの背の高い、タカ……なんとかって人だけでしょ？」

高遠のことだった。

「阿野さんから見たら、あの人も〝三下〟だからね」

小柳は冷や汗がにじむのを感じていた。

「カタギになると、鬼の小柳もボケるんだな。俺なら、最後の手帳を渡したりしないね。あんたの後ろ楯はこの手帳なんだよ。百万もらって辞められたんだから、笠松は安泰か？　いやいや、最後の手帳は、あんたと笠松の命綱だろ？　俺なら一生大事に持ってるな。力ずくでも渡さない」

小柳は自分の間抜けさを悔いていた。いまだに〝貫目〟で押し通せると、どこかで思ってしまっていた。亀井はビビっている、と。ヤクザの〝感情〟が抜けていない。

「笠松が手帳持ってたからってなんだよ。そんなの持って労基署に駆け込んでみろよ。後で袋叩きの半殺しの目にあうのは、あいつもわかってる。あいつは恐くて、こんな大それたことは、できねぇんだよ。それなのにあんたが焚きつけたんで、こんなことになってる。つまり笠松の後ろ楯はあんただ。ただの保育園の用務員」

亀井が手帳をバンと音を立ててデスクに打ちつけた。

「俺はあんたに義理も借りもねぇ。あんたが、手帳で脅した時に、パソコンで、そこの扉を開けりゃ」

そう言って亀井は、新たに取りつけられた重厚な黒いドアを指さした。

「控えてる若いのが、なだれ込んできて、あんたはメチャメチャにされて、おしまいだった。だけどあんたが阿野さんと、冗談言ってゲラゲラ笑ってる姿なんかを思い出すんだ。そういうの〝貫目〟って言うんだっけ？　それがいまだにあるような気がしちゃう。でも、あんたには何もないんだよな、元ヤクザ」

たしかにドアの向こうには闇金を仕切ってるヤクザの若衆がいる可能性があった。だが亀井の言葉が過剰だった。恐らく、隣には誰もいない。

この場で亀井を叩きのめして、手帳を奪うことも考えた。だがそれは危険な賭けだった。隣の部屋に若衆がいなかったとしても、阿野の伯父貴が黙っていない。

小柳が逡巡していると、亀井は微笑した。

「でも、ま、この手帳を手に入れたからいいか」

小柳は自分の間抜けさに、死にたくなっていた。

「この手帳が俺の手の中にあるってことは、もう、あんたは邪魔だてはできないってことだ。あんたにゃ、もうなんの力もねぇんだよ。俺を殴ってみるか？ 阿野さんの顔が浮かぶだろ？ 俺は誰に遠慮もなく、笠松を拉致して百万を取り戻して、俺の倉庫で再び働かせる。文句あっか？」

恐らくすべては、手帳を手に入れるための亀井の芝居だったのだ。あの卑屈な笑みと言葉。まんまとやられた。

もし手があるとすれば、この場で力ずくで手帳を奪った上で、隠しカメラの映像を消させて、その後、亀井を殺害して跡形もなくその死体を損壊して……。

だが直後に小柳はその考えを押しやった。

あるいは、手を引くというやり口もあった。後は野となれ、と逃げ出すことだ。保育園から笠松の姿は消えるだろう。そして健太は保護施設に入る。

福田の悲しそうな顔が浮かんだ。

ダメだ。

となれば残る手段はあと一つ。

小柳は観念した。

「そうだ。俺にはもう力がない。あんたが好きなようにしてくれていい。だが笠松を戻すのだけは、やめてやってくれねぇか」

亀井が冷たい目で小柳を眺めている。思案しているようだ。金と笠松を取り戻すか、小柳をいたぶるか、を。

「頼み方が間違ってるぜ」

亀井が口を歪めて笑う。勝ち誇ったような笑みだ。

「土下座して懇願しな、小柳」

ためらわず、小柳はその場に膝(ひざ)をついて両手を床についた。

その瞬間、小柳の目に飛び込んできたものがあった。瞬時に目だけ動かして周囲を確認した。間違いない。

小柳は額を絨毯に押し当てて、懇願した。

「亀井さん、どうか笠松を捨ておいて、戻さないでやってください。お頼み申します！」

亀井の足音が近づく。

「おうおう、鬼の小柳が、みっともねぇ。そこまで落ちぶれんだな」

亀井は黒の革靴で、小柳の後頭部を踏んだ。

「腹が立たねぇか？　おう⁉」

グリグリと亀井の靴底が小柳の頭を蹂躙する。やがて革靴の踵が後頭部を蹴り始めた。

亀井の顔が嗜虐の喜びに沸き立っているはずだ。小柳に芳美を奪われた悔しさが、忘れられなかったのだろう。この機会をずっと狙っていたのかもしれない。そんな亀井の前に、小柳はわざわざ丸腰で現れたのだ。

だが、絨毯に埋まっている小柳の顔には、不敵な笑みがあった。

〝普通〟に〝隠れる〟というやすみの言葉を思い出していた。そして〝牙を研ぐ〟。

ガンガンと頭が痛んで、小柳は意識を取り戻した。亀井の蹴りが首筋にでも入って意識を失ったのだろう。

辺りを見回すと、亀井のオフィスの前の廊下だった。

時間を見ると、頭を蹴られてから、一〇分も経っていない。

亀井のオフィスの隣の部屋には、若衆はいなかったのだろう。

亀井が一人で、オフィスの外に気絶した小柳を運び出したようだ。

だが長居は無用だった。若衆がこちらに向かっているかもしれない。

小柳はふらつきながらも立ち上がって、エレベーターに向かった。

後頭部の何カ所かが出血していたが、強く圧迫するとすぐに止まった。手足のしびれや嘔吐などもなく、頭痛も次第に収まってきた。

小柳はコンビニで一番安いカップに入った氷を買ってきて、亀井のオフィスビルに取って返すと、非常階段で屋上に向かった。屋上の出入り口のドアを開く。火災の際の非常用に施錠はされていないようだ。

屋上は、緑化されていて芝生が青々と繁っている。その真ん中にベンチがあった。仰向けに寝ころがって氷のカップを枕にして後頭部を冷やした。

顔を蹴られなくて良かった、と小柳は夜空の星を見ながら思った。やすみを心配させたくなかった。後頭部なら少々腫れていてもバレない。

思い起こされるのは自分の間抜けさだ。まだ芯の部分で、ヤクザが抜けていない。なのに、無意識のうちにヤクザを前面に出している。だがそれは張り子の虎なのだ。まぎれもなく小柳は〝普通の人〟だ。殺されていてもおかしくなかった。亀井には殺す胆力はなかったろうが、芳美を奪われた恨みの深さは充分に伝わった。

芳美を組長の家から独立させるのは、まだ先にした方がいいだろう。亀井を潰してからの話だ。

小柳は夜空の月に向かって、ニタリと笑いかけた。

〈なんじゃい〉

電話口の久住がいきなりすごんだ。

かまわずに小柳は切り出す。

「お前んトコに、ノビをシノギにしてた変わったのがいたろ？」

〈布川(ぬのかわ)〉

「おお、それだ。まだいんのか？」

スマホの向こうで久住が沈黙している。いきなり電話をよこした小柳の出方をうかがっているのだろう。

「やめちゃったか？」

〈おお。代紋しょっとっても、得にならん、ぬかしよってな〉

ノビとは忍び込みのことだ。常習の窃盗犯で、実の兄が久住の組の幹部だった関係でケツ持ちをしてもらっていたのだ。忍び込みのテクニックが重宝されて、系列の組で声がかかって様々な仕事をしていた。だが最近は組関係も仕事が激減しており、布川の出番がなくなっていた。そうなると上納金を払うメリットがなかった。〝個人〟でノビを働いて、警察に捕まってしまえば、組としては〝ケツ〟の持ちようがないのだ。

〈なんじゃ？〉

「顔はつながってんのか？」

〈おお、単発やが、仕事は頼んどる。先月もマンションにノビさせて、シャブをぎょ～さ

ん仕入れたで〉

布川が得意とするノビはマンションなどのベランダからの侵入だ。玄関に施錠はしてもベランダのサッシなどは施錠しない部屋が多いのだ。施錠されていてもベランダは視線が遮られるために、人目を気にせずにガラスを焼き切りして簡単に忍び込める。

布川は、屋上からロープを使ってベランダに降りたり、縦樋を登ってベランダに入り込んだりする〝軽業師〟だった。

「横浜、西口のオフィスビル、東天ビルだ」

〈おお、知っとるで。亀井んトコやないか〉

「オフィスに入ったことはあんのか?」

〈オフィスでふんぞりかえっとる、言うたやろ。忘れとんのか?〉

「そうだった。お前が行った時も、換気扇回してたか?」

〈おお、やっとった、やっとった。気色悪いやっちゃな。ありゃ病気やで〉

「あの古いタイプの換気扇は枠で取りつけるヤツだった。つまり枠ごと簡単に外から外せる。枠の角々を押し込んで部屋ん中に落としても、フックでもかけときゃ落ちたりしねえ」

また久住が沈黙した。

「あそこのビルは屋上への出入り口を施錠していなかった」

〈小柳、ワレ、なに、させようっちゅうんじゃ〉

「最上階だから、屋上からロープで布川を吊るせば、換気扇を外して忍び込める。布川は得意だろ。あの換気扇の大きさなら、お前ぐらい細ければ、布川に続けてお前も入って一緒に物色できる」

また久住は沈黙した。だがなにか思いついたようで「しかし」とつぶやいて続けた。

〈前はあの部屋に金庫置いとったが、今じゃ、ワインセラーやぞ。金目のものなんかあらへん。あの奥の部屋に金庫はあると思うとるが、入られへんしな〉

「なんで入れねぇんだ？」

〈鍵穴自体がないドアなんや。パソコンで全部制御しとる。パスワードがわからなんだら、絶対無理や、と布川が言うてた〉

久住も亀井の金を狙ったことがあるのだろう。恐らく食い詰めている組の関係者は、潤沢と噂される亀井の懐に一度は思いをいたしたことがあるはずだ。

つまり、それは亀井がガードを固めているということでもある。

「あのワインセラーが隠し金庫だ」

〈おお、見たんかい？〉

「ああ、俺の目の前で開けやがった。そこから札束を取り出してた」

〈開け方はわかるんか？〉

「そりゃ無理だ。でも開かない金庫なんてねぇよ。あんなの金庫ごと運び出して、ぶっ壊すのを前提にすりゃ、プロが開けてくれる」

〈どうやって運び出すんじゃ？　あのデカさやぞ〉

小柳が薄く笑った。

「いいか？　俺の前で隠し金庫を開けたんだぞ。ありゃあ囮(おとり)だ。大して金品は入ってねぇだろうな」

〈そうか……じゃ、どこだ？　やっぱり奥の部屋にあるんやないか？　そやが、阿野の伯父貴の若い衆が詰めとるで〉

「いや、亀井は自分以外の人間を信用してない。大切なモノは全部自分の部屋に置いてあると思う」

〈焦(じ)らすなや。はよ、言(ゆ)えって〉

「あの部屋にゃ、やたらとコンセントがあった」

〈なんやそれ？　そこに隠しとるっちゅうことか〉

「ああ、俺も金の隠し場所にゃ、苦労した。お前もそうだろ？」

〈今じゃ、隠す苦労も懐かしいようなもんやけどな〉

そう言って久住は小さく笑い声をたてた。やはりどこか寂しげな臭いがする。

「一度、業者に相談したことがある。そしたらそいつは、家を新築しろって言ってたよ。

賃貸物件じゃ、改造して隠し場所を作るのは、限度があるって言ってやがった」

〈それがコンセントか〉

「だな。あそこのオフィスは、阿野の伯父貴に分譲で買ってもらったそうだ。建設時にコンセントに偽装した隠し場所を作らせてる。恐らく阿野の伯父貴も知らない隠し場所だ」

〈確認はしたんか？〉

「そりゃ無理だ。あいつは目の前にいたからな。でも確信した。あの部屋が暗いんで、テーブルのライトを点けようとしたが、点かなかった。コンセントに差さってるのにな。多分、ダミーのコンセントを偽装するためにプラグを差してんだ。故障してるなんて亀井は言ってたが、嘘だ。ヤツの反応が鋭すぎた。その前提で土下座しなきゃ見えない視点で見たんでな。気づいたよ」

〈土下座？　亀井のガキに土下座したんか、ワレ〉

「カタギなんだ。なんでもするさ。土下座してつかんだ情報、どうするよ？」

久住の出方をうかがう。

〈小柳、なんでワシにそれを知らせるんじゃ？　自分でやらんのか？〉

「お前にゃ、借りがある。それに俺はカタギだ」

久住は沈黙している。小柳が黙って待っていると、ようやく口を開いた。

〈そこまでしてノビして、何も出てこんかったら、どないするつもりじゃ〉

「試す価値はあるんじゃねぇか？」

また久住は沈黙した。長い。

〈ワシの足下ォ見てんのんか〉

「やるかやらねぇかは、お前の自由だ。ドジ踏んで阿野の伯父貴にお前がヤられても、俺は知らねぇ」

また久住が黙り込んだ。

「いいか。情報がまだある。亀井は毎週木曜日の午後八時に、辻堂の倉庫の見回りに行く。滞在時間は短くて一〇分ほどだ。若衆も引き連れて行くらしいから、奥の事務所も留守になる可能性が高い。だが留守番ぐらいは置いているかもしれねぇ。無駄に電動工具なんか使って、音を立てない方がいい。車で辻堂との往復を考えると、一時間半、いや、確実なのは一時間、あのオフィスは空になる。充分な時間じゃねぇが、狙える」

やはり久住は沈黙している。

「もう一つ。あそこは隠しカメラだらけだ。顔も身体もわからねぇようにしろ。まして雪駄なんか履いて行くな」

返事がない。

小柳は電話を切った。

5

小柳は笠松の安否が気になったが、電話をするのは控えていた。小柳からの電話は笠松を不安にすることになるだろう。

小柳が夕食の準備をしていると、佳子が帰宅した。

佳子が「ただいま」と台所に顔を出した。

やすみはまだ帰宅していない。

福田園長から、報告を受けて、佳子は事情を知っているはずだ。

小柳は料理の手を止めて「おかえりなさい」と告げて「ちょっと……」と呼びかけた。

「どうした？」

佳子がいぶかしげな顔をした。

「笠松さんはどうなりました？　気になって」

「うん。求職中ってことで、健太くんを園に預けてるけど、普通にお迎えに来てるみたい。一つ、商社系の倉庫会社に決まりそうだって言ってたな。あの業界も人手不足らしいから。良かった。早く見つかりそうで」

「そうすか。ほっとしました。奥さんの方は？」

「う～ん、そっちは変わりないみたいね。退院したら報告あるだろうけど」

小柳は笠松の青白い顔を思い出していた。

小柳が亀井に土下座してから四日が経っている。恐らく亀井は笠松を諦めたのだろう。自分が抑止する力になっているとは思えなかったが、亀井が自分を素人より〝面倒〟に思っていたのだとしたら、幸いだ。

「福田先生が〝小柳さんに笠松さんがお礼をしたいっておっしゃってます。きっとなにか素晴らしいアドバイスなどしていただいたのでしょうね。どうぞよろしくお伝えください〟って言ってたよ」

また佳子は福田の声真似（こえまね）をしてみせる。完璧（かんぺき）だった。

小柳が噴き出す。

「また、なにかやったんだ？」と佳子が探る目になっている。

小柳は不細工なやり口を思い出して、恥じ入った。

「いえ、なにも……」

「なに？　珍しい。顔が赤いじゃない」

恥ずかしくて小柳は頭を撫で回す。

「あ、そうだ。こんなことお聞きしていいのかって思ってましたが、どうしても気になって」

「なによ？」

「福田先生、笠松さんが健太くんを知り合いの男に預けるって言いだしたら、あの人には珍しく、激しく抵抗して、〝私は失敗をして〟って……」

佳子が大きく何度もうなずいた。

「もう一〇年になるんだけど、福田先生が担任してた一歳児のシングルマザーがいてね。ちょっと危うい人だったけど、いきなり連絡とれなくなって、登園しなくなったの。福田先生、必死になってアオイちゃん――その人の娘さんの名前ね――を探し回ったの。そしたら、ママの友達っていう女の子の家で一人で寝かされてた。まだ夏の前だったけど、急に晴れて暑くなった日で、熱中症で危険な状態だった」

「そのママは？」

「彼氏とお泊まりデート。アオイちゃんを預けた友達も、誘われてバーベキューに行っちゃってた」

「じゃ、福田先生が助けたようなもんで、〝失敗〟なんて……」

「アオイちゃんに熱中症の後遺症があったの。脳に障害が残って麻痺も出て、施設に入った。それを福田先生は悔いてて。〝もう少し早くに気づいてたら〟ってねぇ。〝あなたは悪くない〟って言っても、あの人はずっと自分を責めてた。いまだに面会に行ってるみたい」

「そうすか」

福田がジャージ姿でアオイを探して走り回る切ない姿が、小柳の脳裏をよぎった。衰弱したアオイを見つけた時、どんな顔をしたのだろう……。

「今回は無事に収まった。あなたが何をしてくれたのかわからないけど、福田先生はあなたに本当に感謝してると思う」

「いえ」と小柳は頭を撫でた。後頭部にまだ腫れがある。小柳にはそれが勲章に思えた。

「今日の夕飯はなに？」と佳子が鍋(なべ)の中をのぞき込む。

「暑いんで、冷しゃぶにしようかって。長芋をすりおろしたのに、レモン汁入れて、味付けて、からめるとうめぇってのが、ネットのレシピにあって……」

「ああ、それいいね。楽しみ」

佳子は小柳の肩をポンと叩いて、私室に向かった。

「ただいま」と玄関でやすみの声がした。

「おかえり」と答えながら、小柳は料理に戻った。

その夜、久住から電話があった。

〈今から、出てこれんか？　馬入(ばにゅう)んトコのホテルで待っとる〉

食事を終えていたが、今日はまだ〝お勉強〟をしていなかった。

「今日か？　明日、日曜の昼間じゃダメか？」

〈これから、ちいとばかし、せわしくなるんでのう。今晩、なんとかならんか？〉

恐らくノビをしたのだろう。首尾を聞きたかった。

「わかった。すぐに行く。しかし、酒は呑めない」

〈女房がボチボチ臨月か〉

久住は察しが良かった。


馬入にあるホテルは、結婚式場のある大きくて歴史のあるホテルだった。そのホテル内にある和食レストランで、久住は待っているという。恐らくノビに成功したのだろう。だが、いきなりホテルで大盤振る舞いなどしたら目立つ。

盗みに成功したのだとしたら、亀井は犯人探しに躍起になっている。恐らく利根川会をあげての大捜索になる。呑気に寿司を食っている場合ではないはずだ。

それも含めて、久住に会う必要がある、と小柳は思っていた。

高級な和食レストランだった。

白木の一枚板のカウンター席で、久住はビールを呑みながら、一人で寿司をつまんでいた。黒の開襟シャツにスラックス。いつもの姿だ。

小柳が店に入ると、久住は店の奥を指さした。襖がある。個室になっているようだ。

先に久住が部屋に入った。小柳は久住の脱いだ雪駄を見た。新品だ。しかも鼻緒が革で印伝の装飾がなされている。恐らく五万円は下らない高級品だ。

一〇畳ほどの広い和室だった。

テーブルを挟んで久住と向き合った。

「ノビはしたのか？」

久住はニヤニヤと笑う。

「ワレの言う通りにやったったで。ちょろかった」

久住がカウンターから持ってきたビールを呑んで、ビールビンを小柳に向けた。

「少しぐらい、エエやろ？」

「いや、やめとく」

「ほうか」と自分のコップに注いだ。

「どうだったんだ？お前、呑気にビール呑んでる場合か？」

「余裕のよっちゃんや」

またビールを呷る。

「コンセントだったか？」

「ああ、鍵もなしや。引っこ抜いたら、簡単に外れた。コンセントの裏にかなり分厚い鉄板が張ってあって、なんや思うたが、恐らく防火や」

「偽のコンセントはいくつだった？」

「三つや。けど、実際、使（つこ）うてるんは、一つだけや。探ったが、出てきた現金は二千四百万。五百グラムの二四金が四枚。それと紙の資料。しょぼいやろ？」

小柳が頭の中でそろばんを弾いた。オヤジの借金に利子をつけて返した程度だ。

「ざっと三千六百万円だな。その資料ってなんだ？」

久住が楽しげだ。ニヤニヤするのを抑えられないようだ。

「ビットコイン取引システムの仕様書じゃ。布川もワシもチンプンカンプンやから、嫁の弟が、そっちに明るいワルでのぉ。その場で電話で相談したんや。ほれが、金の卵を産む雌鶏（めんどり）やった」

「どういうことだよ」

またビールを注いで、喉（のど）を鳴らして呑んだ。久住は嬉しそうに笑う。

「肝心なのは、その仕様書やのうて、仕様書にオーナーが記したアドレスと秘密鍵なんやと。コンピューターに記録しとくとハッキングされた時に盗まれるが、紙ベースやとなかなか盗めん。ペーパーウォレットとかいうそうじゃ。まんまとやったったな」

久住がヘタクソなウインクをしてよこした。

「資料に、その鍵は書いてあったのか？」

「おお、なんや意味のわからん長～い英語と数字やったな。それでシステムに入り込んで、ビットコインを盗み放題や。だけど、毎日少しずつ抜いとる」

「どっさりいけよ」

「弟に言わせると自販機の鍵を持ってるようなもん、ちゅうことや。鍵を開けてジュースや代金を全部、ごっそり抜くと、すぐバレて、鍵を換えられるやろ？　盗難届も出されて、捜査もされるかもしれん。しゃけど毎晩、二、三百円ずつ抜いてみぃ。なかなかバレないんや。もし鍵や自販機が換えられたらそこで終了。でも盗難で捕まることはないっちゅうわけや」

「それで少しずつか。バレねぇのか、本当に？」

「弟が亀井のシステムにプログラムを仕込んで、ヤツの行動を追跡しよる。ヤツがシステムにアクセスした直後に、毎日抜いとる。この二日で、今のレートやと、ざっと二億や」

「二億じゃ、少しずつじゃねぇだろ」

「違うんや。ヤツの会社にゃ、自分で投資した分と客から預かってる分も含めて、唸るほどビットコインがあるんや。どうせ仮想やから置き場所にも困らん。コンピューター上ではオーナーの取引やから警告もなし。だからこれくらい抜いても気づきもせん」

「その仮想の金を現金にできんのか？」

「それも弟の指南や。身元証明が不要の仮想通貨取引所が海外にはあるそうや。そういうところに少額ずつ売っとる。マネーロンダリングやて」

久住が高らかに笑った。

「現金と金はどうしたんだ？」

「弟が、バレるから盗むな、言うから、綺麗に元に戻してきたで。つまりワシらは、アドレスと鍵以外は何も盗んでないってことや。当分気づかれんやろ」

「他になにかしでかしてねぇだろうな？」

久住がしばし考えていたが、ニヤニヤした。

「ヤツのデスクの上にクソでもしてな。換気扇を壊しといたろか思うたけど、堪えたわい。換気扇も綺麗に元通りにしてきたで」

「そうかい」と小柳も笑う。

完璧……だが、小柳は穴に気づいた。

「あのオフィスにゃ、そこら中に隠しカメラがあったはずだ。どこかにお前らの映像があるはずだぞ」

久住がウンウンと、うなずく。

「その取引システムには、防犯システムも組み込まれてたそうや。弟が防犯の映像をつなぎ合わせて、ワシらの姿を消してくれたんや。どや、完璧やろ？」

亀井の現金仕事は、闇金だけなのだろう。だから現金もそれほど持っていなかった。ビットコインに、ほぼ全額を投資しているのだ。それがある日、売ることもできない残高になっていることに気づく。恐らくマウントタートルは倒産する。そして、負債を抱え込む。そこに投資していた阿野が、必死で回収しようとするだろう。きっと投資した金を全額回収することはできまい。大赤字だ。犯人探しが難しいことはすぐにわかるはずだ。後回しにして、亀井を追い込むことになる。一円でも補てんしようと、隠している金の在り処を吐かせるために拷問される。

金の隠し場所をゲロしても、しなくても、亀井は消えるだろう。

自分の土下座映像も消せるだろうか、と小柳は一瞬思ったが、思い止まった。いまさら消せば不審に思われるのは間違いない。小柳がひれ伏した証拠映像を亀井が握っている方が安全だ。それに、もはや屈辱的でさえない。研いだ牙で充分に噛みついてやった。

「そのロンダリングした現金は、これまでどれくらい手に入れたんだ？」

久住は嬉しそうに顎を撫でて考えている。

「二〇万くらいやな」

「そんなもんか……」

「アホか。ドルやぞ」

小柳は笑ってしまった。久住ほどビットコインやドルなどと縁遠い男はいない。たぶん、久住が疑われることはないだろう。

「久住、ベンツ買いかえたり、高そうな雪駄、履くのやめとけ。貧乏のふりしてりゃいいんだ」

　珍しく久住が神妙な面持ちになった。

「雪駄だけは、どうしてもな。あれだけは我慢できんかった。ずっと欲しかったんを我慢してたんや」

「そうかい。あれで疑うヤツもいねぇか」

　うなずきながら久住がビールを呑んだ。

「あ！　そうや」と久住が襖を開けて「女将、アレ持ってきて」と声をかけた。

　すると和服姿の女性が「は～い」とすぐに紙の手提げを持ってきた。

　かなり大きな袋だ。

「今回の謝礼や」

　女将から受け取って、久住がテーブルの脇から、小柳に押してよこした。

「いや、俺は一銭も受け取らねぇ」

「わこうてるて。金やない。開けてみぃ」

　小柳は不思議そうに、その手提げの中をのぞき込んだ。リボンがかかっている。取り出して、リボンと包み紙を取った。

　電動式の鼻水吸引機と書いてある。何かの冗談か、と小柳は久住を見た。

「赤ん坊は、洟(はな)をかんだりしないんやで？　知っとるか？」

「おお……？」

「赤ん坊は、しょっちゅう風邪ひいてるんや。そうすると一日中グズグズ、フガフガ言いおって、かわいそうでしゃ〜ない。なんども買うたろうかと思ったが、値が張るんや。だから安い手動式のスポイトみたいなんを買うてた。でも、まともに吸えるんがのうてな。決断せんうちに、自分で洟をかめるようになってた。あれがなんとも悔しかったんや」

小柳が驚いていると、ニコリと笑って久住が付け加えた。

「ええか？　この機械、使う時にゃ、無理したらあかん。一度嫌がるようになると泣いてわめいてテコでもやらせんようになる。そ〜っとや。やさし〜く、そ〜っと」

久住の意外な一面を見た気がした。子供がいたことも知らなかった。小柳は思わず尋ねていた。

「かわいいかい？　子供は？」

「かわいい？　なにをぬかしとんねん。スポイトで鼻水を吸ってみぃ。面倒やで。あんまりにも、うまくいかんから、口で鼻水を吸いとってやった。そしたら見事に風邪がうつって高熱出したりしてんねんぞ。かわいいなんて感傷に耽っとる暇もないわい」

「そうかい」

あの日、保育園の小柳を訪ねてきた時に見せた久住のうらやむような笑顔を思い出していた。やはり久住は困窮していたのだろう。一六万円でも確実に毎月もらえてささやかながらも、暮らしていける小柳をうらやんだのだ。

久住はビールを呑んで、穏やかな微笑を浮かべると、優しい声で告げた。

「使うてや」

「すまんな」

ホテルを出ると、小柳は歩いて家に帰ることにした。久住はもう少し呑みたいというので、別れを告げて、レストランを出たのだ。一〇時近くになっていた。

手には、電動式の鼻水吸引機がある。

帰ったらやすみを実験台にして練習してみようと思っていた。やすみは嫌がるだろうが、それもまた楽しい。

スマホが振動していることに気づいた。佳子からだった。

〈どうも、陣痛らしい。これからすぐに車で山田先生んトコに向かうから、あなたも、向かってちょうだい〉

「わかりました」

小柳は車道に飛び出して、タクシーに手を上げた。

エピローグ

「陣痛だったんだけど、まだ弱いみたい。でも、このままお産に入るって先生が」

ベッドに横になっているやすみの顔色が悪かった。

分娩室(ぶんべんしつ)の前にある準備室のベッドだ。

心配になって、その手を小柳は握った。

「痛いのか？」

「うん、ちょっと。でももっと痛くならないと産まれないの。恐(こわ)い」

予定日はまだ先のはずだ。

「子供は大丈夫なんだろうか」

「先生は大丈夫だって。産まれてくる準備はできてるって。準備できてないのは、私の方かな」

そう言って、やすみはようやく笑った。

「あのさ」と後ろから声がした。佳子だ。

「徹さん、来たから、私は帰るわ。ここで待っててもしようがないし。大丈夫？」と佳子がやすみの顔をのぞきこむ。

「大丈夫」とやすみが微笑む。

「あら、ようやく笑った。最愛の小柳さんが来たからね。よろしく」

佳子は小柳の肩を一つ叩いて、去っていく。

「なんか飲むか？」

照れくさそうに小柳がやすみに尋ねた。

「オレンジジュースが飲みたくなった」

やすみも照れくさそうだ。

「ちょっと買ってくる」

自販機でジュースを買って戻ってくると、助産師と産科医がベッドサイドに立っていた。

やすみが苦しそうな顔をして、小柳を見ている。

「出産の立ち会いどうされるんでしたっけ？」とやけにのんびりした声で、産科医が小柳に尋ねてきた。

「た、立ち会いはしません」

やすみと話し合って決めたことだ。

「そうですか。また陣痛始まったみたいなんで、廊下でお待ちいただけますか」

ジュースをベッド脇のテーブルに置くと、小柳はやすみを見やった。やすみが荒い息をしながら、救いを求めるような目をしていた。小柳はやすみにうなずいてから、部屋を出た。

廊下の長椅子に座って待つしかなかった。時計を見ると、いつのまにか一一時を回っていた。

することもなく、小柳は子供のことを考えていた。いや、考えようとしていた。だが何もイメージできないことに驚く。鼻水の吸引機で、吸い取るイメージをしようとしても浮かばない。次第にやすみの方が気になってきた。痛がっていることだろう。二人で見ていたテレビ番組で、出産の痛みを〝スイカ大のウンコをするようなもの〟と話しているママタレントがいて、やすみばかりか、小柳も絶句して、しばらく、そのことについて語ることさえできなかったほどだ。

そんなことを思っていると、小柳の前を顔をしかめた妊婦が歩いていた。

痛がっているように見えた。時折立ち止まって、腰を拳でトントンと叩いている。やすみと同じしぐさだった。深夜に何をしているのだろう。

あまりじろじろ見るのも失礼だと思って、視線をそらした。

だが数分後に、同じ妊婦が小柳の前を通りすぎた。

そして、さらに数分後にも。

不思議な光景だったが、スマホで調べるとわかった。陣痛を促進するために病院の廊下をウォーキングしているようなのだ。

だがこんな深夜に、と気の毒に思っていたが、その妊婦が現れない。どうやら陣痛が来たようだった。

午前一時になっても、赤ん坊の泣き声は聞こえてこない。

なにも状況がわからないまま時間が経過していく。不安が募る。

午前四時になったが、なんの音沙汰もない。分娩室に顔を出して「まだですか?」などと聞くなど無意味なばかりか間抜けだろう。

やきもきしながら、時間をやり過ごすしかない。

五時を過ぎると、助産師が準備室から顔を出した。小柳に微笑みかけると「奥さん、頑張ってますよ。ちょっと陣痛が弱いけど、頑張ってます」と言って引っ込んだ。

出産が長引くことは、よくあることなのだろう、と小柳は思って、少しほっとしていた。

だが六時を過ぎ、七時を過ぎた。

座っていられなくなって、立ち上がって廊下を行ったり来たりする。

八時五分だった。

分娩室の脇にあるドアが開いた。先ほどとは別の助産師がおくるみに巻かれた赤ん坊を抱いて出てきた。か細い声で泣いている。

「小柳さんですよね？」

「ええ、はい」

「おめでとうございます。元気な女の子です」と赤ん坊の顔をこちらに向けてくれた。真っ赤でしわくちゃだ。

「抱いてみます？」と助産師に問いかけられた。

思わず小柳はあとずさって「いえ」と手を振った。

「そんなに恐がらなくていいのに」と助産師が笑っている。

「す、すみません」

「ちょっと後処理がありますんで、もう少ししたら、中に入っていただけますんで、またお呼びします」

しばらく待つと、助産師が「小柳さん、どうぞ」と招き入れてくれる。

やすみが心配だった。自分は座っていただけだが、一〇時間以上、苦痛と戦っていたのだ。

部屋に入ると、これまで見たことのないような青い顔をしたやすみが、ぐったりとしている様子に、思わず小柳は駆け寄って、その手を握った。

「痛かったか?」

「もう、あんまり覚えてない」

力ない声だった。

「ごめんな」

なぜか小柳は謝っていた。そんな気持ちだった。

やすみが小柳の背後を指さした。

「二六六八グラム。早かったから少し小さめ。八月一六日生まれの、小柳理恵(りえ)ちゃんに、ご挨拶(あいさつ)してください」

振り向くと、そこにおくるみにくるまれた赤ん坊がすやすや眠っていた。いくらかしわが取れたように見えるが、やはり真っ赤でしわくちゃだ。

やすみと話し合って、姉と同じ名前をつけることにしたのだ。だが小柳の提案で漢字を変えた。理江と理恵。一文字残すことをやすみが提案してくれたのだ。

「よく来たな。楽しくやろうな」と小柳はしわくちゃの理恵に告げた。

理恵はやはり眠っている。

「私も疲れた。寝るね」

返事をする間もなかった。小柳が声をかける前にやすみは眠りに落ちていた。

小柳が廊下に出ると、佳子がいた。産まれたことを電話で報告していたのだ。車で駆けつけたのだろう。

「おめでとう。かわいい？」

瞬時、小柳はためらってしまった。

「かわいくないの？」

「い、いや、かわいいですけど、まだ実感が湧かないっていうか……」

「ま、そんなもんでしょ。あなたも寝てないんだから、ちょっとうちで仮眠とるといいわ」

「はい、すみません」

小柳は車を借りて家に戻った。

フトンを敷いて寝ようと思ったが、いっこうに眠気が訪れない。

フラフラしていて疲れているのは感じていたが、起き上がってお茶漬けを食べながら、ぼんやりとテレビを見ているうちに、午後になってしまった。

佳子も昼食を食べなければならないことに、ようやく気づいた。

すぐに車で病院に向かう。

小柳と入れ代わりに、佳子は車で近所のラーメン屋に向かった。昔から、その店のサンマー麺が好きなのだ、と嬉しそうだった。

やすみは眠っていて、面会はできない。

看護師に、お子さんはガラス張りの新生児室に移っていますよ、と教えられて、ぼんやりとしたまま新生児室の前にやってきた。

娘と同じ日に産まれた赤ん坊たちがズラリと並べられている。一五人だ。

理恵はその中でひときわ赤くて、ひときわしわくちゃだった。やすみの美貌のかけらも見えない。助産師が、理恵の首にへその緒が二重に巻きついていたせいで、むくんだりしているのかもしれない、と言っていたのを思い出した。

大丈夫なのだろうか、父親としてこの子を愛せるのだろうか。

その時、なぜだか不意に義父の姿が浮かんだ。そして実の父親の姿も。実の父親の姿はピントがあっていないように不鮮明だ。もはやどんな声で、どんな姿だったかもおぼろげになりつつある。

ただ、どちらの父親も怒っていた。常にイライラと怒っていて、小さなきっかけで怒鳴り散らす。そして殴る。蹴る。小柳の中で二人は相似形だった。小さな差異を思い出せない。

見事なまでに良い記憶がないのだ。

恐らく小柳は向き合うことを恐れていた。今、自身の子供を目の前にして、二人の父親に向き合わざるを得なくなったのだ。小柳が抱く〝父親像〟だった。だが〝父親〟は恐怖の対象であり、決して〝お手本〟ではない。

いまさらながら小柳は気づいた。父になることを恐れる気持ちの根元はここにあった。

小柳の中で父親は〝ヒーロー〟ではなく、明らかに〝悪役〟だ。

ろくでなしの父親のようになりたくない。

小柳は自分と二人の〝父親〟を並べてみた。

自分は、あの二人のろくでなしよりマシな人間か？

マシな生き方をしてきたか？

父親の暴力など〝おままごと〟に思えるほど、激烈な暴力の数々が脳裏に浮かんでくる。容赦ない暴力の世界の中で、自分でも無意識に父親を超えようとしていたのではなかったか。つまりそれは〝悪役〟を極めることで……。

〝父親の資格〟というものがあるとしたら、完全に失格だ。あのろくでなしの父親たちを超越する不適格者……。

だから、子供になんの感慨も抱けないのではないか。

小柳は血の気が退いていくのを感じていた。背中にじっとりと冷や汗がにじんでくる。

「猿だなあ」

いつのまにか隣に男性が立っていた。

小柳が正に、我が娘に対して抱いていた感想だった。

「ひっど〜い」と女の子の声も聞こえてくる。

「赤ちゃんなんて、みんな猿みたいなもんだよ。ハナだって、猿みたいだったもん」

小柳は耳をそばだてていた。

「え〜、あきらくんは猿じゃない。かわいいよ。パパはかわいいって思わないの？」とハナと呼ばれた女の子が尋ねている。新生児の名は〝あきら〟なのだろう。

「だって、まだ全然知らない人なんだもん」

「知らないって。当たり前じゃん」

「ハナだって、知らない人のこと好きになったりしないだろ？」

「……まあ」

「これから知るんだよ」

「赤ちゃんだもん。話せないでしょ」

「違うの。そういうことじゃないの。泣くでしょ？　赤ちゃん」

「うん」

「どうして泣いてんだろう？　オムツかなミルクかな、どっか痛いのかな、熱があんじゃないか、とかね。あやしてみたり抱いてみたり、色々すんの。そんなことしてると、いきなりゲロ吐いたり」

「ヤだ」

「赤ちゃんだもん。自分じゃなんにもできない。ゲップをちゃんとさせなかったパパが悪かったんだなって気づいたりね。掃除して片づけてってやってると、今度は下痢」

「だから汚い話ばっかりしないで」

「でもさ、そうやってパパは、ハナと知り合っていったんだ。このメーカーのミルクはいいけど、こっちのは下痢するとか。こっちのオムツはかぶれないけど、こっちのはかぶれる、とかさ。そうやってお前を知って、お前もパパをだんだん知るようになる。そしたらいつのまにか大好きになってる」

「ふ〜ん」

堪(こら)えきれずに、小柳は隣の男性に顔を向けて、思わず問いかけていた。

「そ、そんな……」

すると隣に立っていた男性が「あ」と小柳を指さした。小柳も「お」と驚きの声をあげた。

隣の男性は、茶髪のロン毛だ。跨線橋(こせんきょう)で小柳が誘拐犯(ゆうかいはん)と勘違いしたサーファーだった。

「あ、跨線橋の」とサーファーが言うと、すぐに娘のハナが「ヤク……」と言いかけたのを、慌ててサーファーが口を手で押さえて止めた。

「いいんです。私は元ヤクザです。今はわんわん保育園の用務員をしてます」

そう言って一礼する。

「その節は、傘を貸してくださると申し出ていただいた。本当にありがたくて、嬉しくて忘れられません。ありがとうございました」

「いえ……」

サーファーは少し臆(おく)しているように見えた。だがかまわずに小柳は告げた。

「私は娘が猿にしか見えねぇんです。気持ちもまったく湧かない。大丈夫かな、こんなんでって思ってたら、あなたの言葉が聞こえて。泣きそうになりました。そんなもんですか？」

ようやくサーファーは、その焼けた顔に笑みを浮かべた。

「そんなもんです。三歳ぐらいまでは、なに考えてんのか、まったくわからなくて、宇宙人みたいです。でも、一生懸命面倒見てると、きっと返ってきます。愛情を返してくれる。男親はとかく仕事を口実にして、子育てから逃げちゃうんですよ。でももったいない。きっと楽しくなります」

力強い言葉だった。

「ありがとうございます」と頭を下げた。

「いえいえ、偉そうにすみません。わんわん保育園っておっしゃいましたよね？　ゆめゆめ保育園も同系列でしたよね？」

「そうです。同じ社会福祉法人です。私は金曜と土曜だけ、そちらで用務員をしてます」

「あ、そうすか。妻が職場に復帰する予定なんで、そこに寝てる下の子は、近くなのでゆめゆめ保育園に入れたいなあって思ってたんですよ」

小柳が大きくうなずいた。〝あきらくん〟だ。

「それはいい！　失礼ですが、お名前は？」

「中林(なかばやし)です。え？　なかなか保育園に入れないって聞きますが、もしかして、なんらかのご配慮があったり？」

小柳は手を振った。

「それは無理っす。でも、お昼休みには、私が最高の鬼ごっこを提供しますんで」

「え？」

「私は鬼ごっこが大好きでしてね。しかも得意なんです」

中林もハナも不思議そうな顔をしている。

「失礼しました。お待ちしております」

立ち去ろうとしたが、チラリと寝入っている我が娘、理恵の顔を見やった。やはり真っ赤な猿のようだった。だが理恵は口を大きく開いた。あくびをしているのだった。

その姿に小柳は不意に笑いそうになった。だがその原因がわからなかった。しばし原因を探っていると、気づいた。〝眠ってるのにアクビしてんのかよ〟と理恵に突っ込みたくなっていたのだ。

娘を見て立ち尽くしていた小柳は声をかけられて振り向いた。中林が頭を下げているのだ。

「お誕生、おめでとうございます」

「ありがとうございます。中林さんもおめでとうございます。ハナちゃんもおめでとう」

ハナがニッコリ笑って手を振ってくれる。かわいかった。〝元猿〟とは思えないほどに。

急に空腹を覚えて、昼食を取りたいと思って一階に向かった。

〝父親の資格〟をテストされたら、失格なのは間違いない。〇点どころかかなり大きくマイナスだ。それを清算することなど、決してできない。

しかし、過去を背負いつつ、変わることはできるはずだ。

目の前にいる無防備な命に向き合って、できることをするだけだ。下痢やゲロの原因を考え対処する。片づける。綺麗にしてやる。そして洟が出れば吸引機で吸い取る。やさしくそっと……。

そうやって一つずつ、自ら獲得していけたとしたら、新たに〝父親の資格〟が刻まれていくものだろうか。

それでも過去が消えるはずはない。娘が——理恵が成長すれば父親の過去を知るはずだ。衝撃を受けるだろう。嫌悪や侮蔑の感情を抱くかもしれない。

だがそれを受け止めよう。そして、倦まずたゆまず歩き続けるだけだ。

決して気が晴れたという気分ではない。ただ〝覚悟〟はできたような気がした。ふと小柳は美奈の父親の田端の明るい笑みを思い出していた。


一階には外来がある。日曜日は休診のはずだが、結構な人数が待合室にいる。産婦人科には休日も夜もないようだった。

小柳は見慣れた後ろ姿を見つけた。

待合室の椅子に腰かけて、雑誌を読んでいる男の後頭部だ。

アイロンパーマで髪が鉄板のようにテカテカと光っている。

「タッ」

後ろから声をかける。高遠だった。

「兄貴」

高遠も驚いて、読んでいた雑誌を取り落として立ち上がる。

保育園に小柳を訪ねる時にいつも着ている〝ダサいジャージ〟姿だ。たしかに日曜の産婦人科にダークスーツは馴染まない。

「なんすか？　どうしたんすか？」

「産まれたんだ、今朝」

「え？　来月でしたよね？」

「うん、まあ、そういうこった」

高遠が腰を折って頭を下げる。

「おめでとうございます！」

大きな声だった。周囲の視線を集めてしまう。

「やめろ。場所を考えろ」

「サ〜セン」と高遠が大きな身体を縮める。

「お前、なんだよ？」

「ああ、腹が痛いって女房が言いだして、連れてきました」

「そりゃ、心配だな。裕美ちゃんは、診察中か？」

高遠が結婚する前と式の当日にしか、小柳は高遠の妻の裕美には会っていない。楚々とした和風美人だ。

「ええ」

「じゃ、お前だけメシに誘うわけにゃいかねぇな」

高遠は困ったような顔をした。

「まあ、いいや。じゃあな」

「はい。失礼しやした」

「おう」

小柳は頭がフラフラするのを感じた。完全に徹夜しているのだ、とようやく気づいた。

だが決して気分は悪くない。

産婦人科医院の出入り口の自動ドアが開いた。

真夏の陽差しが目を射る。めまいがした。医院の前にある駐車スペースが真っ白になって見える。

意識が遠のくように感じた。

それを意識しながら、亀井に蹴られた後遺症でもあるのか、とチラリと思う。

しばらく目を凝らしていると次第に目が慣れはじめた。

かげろうが立っていて、その向こうに人の影がぼんやり見えた。

駐車スペースの一角に木立があるのだ。その木陰で、男の子がしゃがみこんで、ブロックや石を持ち上げて、のぞき込んでいる。

小柳も幼い頃に同じことをしたものだ。石の下に隠れている虫を探しているのだろう。

男の子の隣には一緒にしゃがんでいる女性がいた。母親にしては若すぎるようだった。

男の子の声は聞こえないが、見つけた虫の説明をしているようで、地面を指さして興奮しているのを、女性がウンウンとうなずいて聞いている。

その姿は……。

「姉ちゃん……」

＊

持ち上げた石の下にハサミムシがいた。尾部にあるハサミを振り上げて威嚇（いかく）している。

その姿を見ながら、幼かった小柳は姉の理江に知識を披露していた。

「この怒ってるのって母ちゃんなんだ。卵、守ってんの。でも卵がかえると、子供のハサミムシに母ちゃん、食われちゃうんだって」

隣でしゃがんで話を聞いていた理江は、驚いて目を丸くしている。

「そうなの。お母さんは食べられても逃げないの？」

幼い小柳は首を振った。

「食べられてるトコ見たことないから、わかんない。本で読んだ」

「徹なら、逃げる？」

「うん、逃げる」

「徹がお腹空いたって言って、なんにも食べ物なかったら、私の腕の柔らかいところ、切ってあげられるかもな」

理江は二の腕の下をつまんで笑って見せた。

小柳は驚いて、笑顔の理江を見つめる。

「姉ちゃんの腕なんて、食わないよ」

「う〜んと、お腹空いてんだよ。この前、水しか飲めなかった時みたいに」

小柳の家は母親のアルバイト代だけが頼りだった。困窮していた。

しばらく考えてから、小柳は笑った。

「んじゃ、俺も腕を切ってあげるから、姉ちゃんと俺が交換して食べればいい」

理江が声を立てて楽しそうに笑った。

＊

三〇数年前の光景が目の前にあった。

幼い小柳と、それを見守る姉の理江。

白昼夢なのか、とまた亀井に蹴られた後遺症を心配した時、背後から声をかけられた。

「すっかり息子が懐いちまって、週末になると会いたがって。今日も、遊びに来てくれてたんす」

高遠だった。

小柳は目を凝らして木陰を見た。

横顔が姉にそっくりだった。芳美だ。最後に会ってからずいぶんと時間が経っているが、あまり変わらないように見える。

「湘南銀行にはオヤジがぶちこみました。俺らは口座も作れねぇのに」

小柳は返事もできずに芳美を見つめている。

「高校でトップの成績だったんで、すんなり入れたんすが、ヤクザの組長の家に住んでるってのが、バレて、内定が取り消しになりそうだったんです。でも、オヤジが、あそこの頭取と面識があって、事情を説明したら、受け入れてくれたんです」

「……そうかい。世話ァかけてんな」

「いや、オヤジの家のことは、なんでもやってくれるし、オヤジも芳美ちゃんが、かわいくて仕方ねぇんですよ。大学に進学させてやるって言ってたんですけど、芳美ちゃんは、すぐに働きたいって言って聞かなかったんです。まじめに仕事してますよ」

「そうかい……」

小柳の借金を気にしているのだろう。だが学ぶのに遅いなんてことはない。現に小柳も高校卒業程度認定試験に向けて勉強中だ。楽しくさえある。

もう二二歳か……。だが同時に亀井の好色そうな笑みを思い出す。

「亀井は潰した。恐らく消える」と小柳がつぶやいた。

「そうすか。久住んトコの布川にやらせたんすか？」

「ああ、首尾よくいったみてぇだ」

高遠が楽しそうに笑った。

「組はなくなっちまいましたけど、芳美ちゃんと兄貴が兄弟分ってのは消えてませんよね」

「ふざけんな。もうなんの関係もねぇ」

すると高遠が一歩小柳から遠ざかって、いたずら小僧のように笑った。

「だからって兄貴、弟分に〝姉ちゃん〟はないでしょ」

高遠には芳美と姉の理江が似ている、と話をした覚えがあった。駐車スペースに芳美と息子がいるのを、高遠は承知していたはずだ。小柳がどんな反応をするのか、と確かめに出てきたのだろう。思わず〝姉ちゃん〟と呼びかけたのを、まんまと聞かせてしまった。

「うるせぇ、馬鹿野郎！」

小柳が蹴り飛ばそうと足を振り上げたが、距離を取っていた高遠はかろうじてよけた。なおも追おうとする小柳に、高遠があらぬ方向を指さした。

指した先を見ると、木陰で芳美が立って、こちらに目を向けている。

芳美の目は小柳に向けられている。黒い大きな瞳だ。そして、深くお辞儀をした。かげろうの向こうで頭を下げる芳美は、幻影のようだった。

本書はハルキ文庫の書き下ろし作品です。

ハルキ文庫

さ 27-2

父親の資格 極道保育❷

著者 佐野 晶

2021年11月18日第一刷発行

発行者 角川春樹

発行所 株式会社角川春樹事務所
〒102-0074 東京都千代田区九段南2-1-30 イタリア文化会館

電話 03(3263)5247(編集)
03(3263)5881(営業)

印刷・製本 中央精版印刷株式会社

フォーマット・デザイン 芦澤泰偉
表紙イラストレーション 門坂 流

ISBN978-4-7584-4443-9 C0193 ©2021 Sano Akira Printed in Japan
http://www.kadokawaharuki.co.jp/ [営業]
fanmail@kadokawaharuki.co.jp [編集]　　ご意見・ご感想をお寄せください。